虛白樓詩

虞愚·撰

同文書庫·廈門文獻系列 第二輯 拾

厦门大学出版社
XIAMEN UNIVERSITY PRESS
国家一级出版社
全国百佳图书出版单位

图书在版编目(CIP)数据

虚白楼诗/虞愚撰.—厦门:厦门大学出版社,2017.9
(同文书库. 厦门文献系列. 第二辑)
ISBN 978-7-5615-6718-0

Ⅰ. ①虚…　Ⅱ. ①虞…　Ⅲ. ①诗集—中国—现代　Ⅳ. ①I226

中国版本图书馆CIP数据核字(2017)第250167号

出 版 人　蒋东明
责任编辑　薛鹏志　章木良
封面设计　李嘉彬
技术编辑　朱　楷

出版发行　厦门大学出版社
社　　址　厦门市软件园二期望海路39号
邮政编码　361008
总 编 办　0592-2182177　0592-2181406(传真)
营销中心　0592-2184458　0592-2181365
网　　址　http://www.xmupress.com
邮　　箱　xmup@xmupress.com
印　　刷　厦门集大印刷厂

开本　787mm×1092mm　1/16
印张　12.75
插页　4
字数　180千字
版次　2017年9月第1版
印次　2017年9月第1次印刷
定价　150.00元

厦门大学出版社
微信二维码

厦门大学出版社
微博二维码

總　編：
中共厦門市委宣傳部
厦門市社會科學界聯合會

執行編輯：
厦門市社會科學院

『同文書庫·厦門文獻系列』編輯委員會

顾　问：
叶重耕

編　委：
何瑞福　周　旻　洪卜仁　何丙仲　洪峻峰　謝　泳　蕭德洪　李　楨　李文泰

主　編：
何瑞福

副主編：
洪峻峰　李　楨

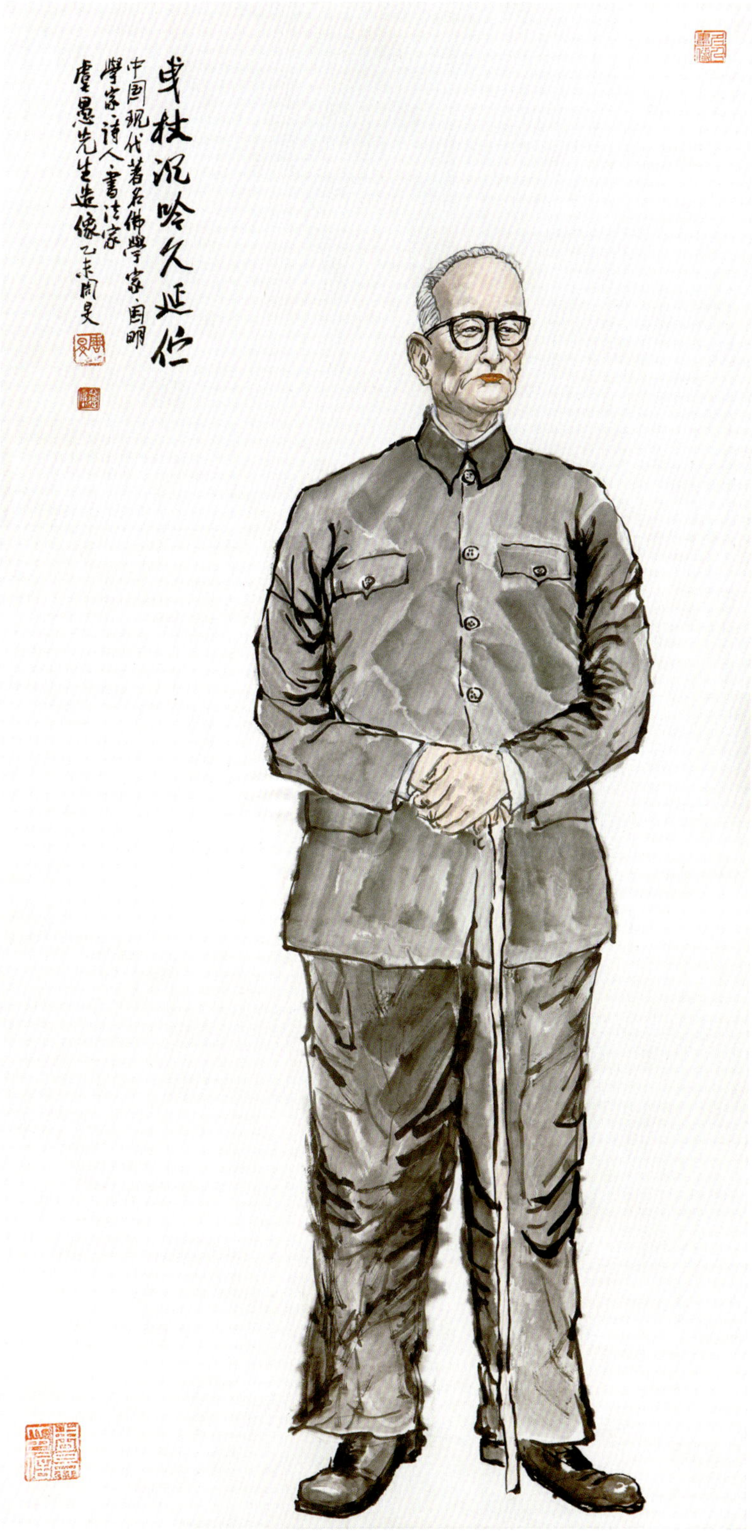
曳杖沉吟久延佇
中国现代著名佛学家因明学家诗人书法家
虞愚先生造像乙未周昊

·虞愚（國畫 周昊作）

目錄

前言

《虛白樓詩》，虞愚撰。虞愚先生（一九〇九—一九八九），原名虞德元，字竹園，號北山，祖籍浙江山陰（今屬紹興市），一九〇九年九月二十八日（農曆己酉年中秋節）出生於廈門。

虞愚先生早慧，少年時期即喜作詩寫字，能背誦《杜詩鏡銓》，並且因爲家庭奉佛的原因，從小就對佛學產生濃厚興趣。一九二三年始就讀於廈門同文中學期間，即認真臨摹過《三希堂法帖》，並以書法名噪鷺島，同時開始研讀梁啟超、章太炎的佛學著作。一九二八年中學畢業，遂赴南京支那內學院從歐陽竟無先生學習因明、唯識之學。翌年，考入上海大夏大學預科，課餘以所臨書法求教於于右任、曾熙和劉海粟諸海內名家，得其獎掖。大夏大學預科畢業後，於一九三一年考取廈門大學教育學院心理學系。求學期間，適太虛法師在廈大講授『法相唯識概論』，虞愚先生擔任記錄，從而得到太虛法師的親炙，得以到閩南佛學院兼課並有機會閱讀了大量的因明典籍。其格律詩詞之創作在此期間也漸露鋒芒。歲壬申（一九三二年），當時詩壇之大家陳衍（號石遺）先生見到其詩書習作，十分讚賞，贈詩云：『總角工書世已稱，更殷年少綴文能。斷章正好望吾子，青眼高歌老杜陵。』還評其詩句『用檀弓語，極見渾成』，『不暇苦吟，自有真語』。當其時也，臺灣林爾嘉在鼓浪嶼創立菽莊吟社，藉以弘揚傳統文化，抒發愛國情懷，時有『東南壇坫』之譽。虞愚先生為社中最年輕之吟侶，詩書之藝一時為世所擊賞。

一九三四年從厦大畢業後，虞愚先生留校擔任理則學教員，其首部重要著作《因明學》亦在此時由中華書局出版。一九三六年八月，赴南京求職，為于右任邀留在監察院任編審等職。抗日戰爭全面爆發後，因歸厦門而得到接近一代高僧弘一法師的機會，在人品情操和文化藝術方面都受到了熏陶。一九三八年五月厦門淪陷，虞愚先生隻身輾轉入渝，適歐陽竟無的支那內學院也遷到四川江津，是以有機會聆聽大師的講學而深受教誨。一九四一年，至貴陽任國立貴州大學理則學講師、副教授。在山河破碎、西南漂泊的抗戰歲月裡，虞愚先生寫下了《中秋夕游白鹿洞》《古介將適菲律賓贈別》《渝州旅次》《贈蔣憬然將軍》《贈證如居士次懺華韻》等詩篇，抒發了胸中『憂民許國』之情。一九四三年，時值抗戰最艱苦的階段，虞愚先生義無反顧地來到閩西萬山叢中的長汀，擔任當時內遷到此的國立厦門大學哲學與文學的副教授。抗戰勝利後學校遷回厦門，先生也晉升為教授。二十世紀四五十年代，他除了講授邏輯學課程，也開講先秦文學史、杜詩研究、佛典翻譯和中國文學的課程和專題，出版《印度邏輯》（商務印書館），發表《變文與中國文學》《試論屈原作品》《杜詩初探》等有關文學方面的學術論文。同時將一九四九年之前的詩作百餘首，編選出版為《虚白樓詩》。

一九五六年八月，虞愚先生奉國務院之令晉京，調任中國佛學院教授，參與錫蘭國（即今之斯里蘭卡）主辦的《佛教大百科全書》的編纂工作，撰寫『慈恩宗』『因明正理門論』『因明入正理論』等詞條，同時為佛學院學僧和高校進修教師講授『因明學』『印度佛教思想史』等科目。在此期間，他於佛學經典、因明邏輯學等方面的科研成果斐然，詩雖不多作，但如《丙申春節厦門市各界為慶祝社會主義高潮》《丙申五月九日海堤工程指揮部》《建國十五周年天安門觀禮臺前作》《喜我國第一顆原子彈爆炸成功感賦兼示丙仲》諸作，境界高妙，感情誠摯，説明作者當時的思想已與時代産生了共鳴。『文革』期間，虞愚先生和廣大知識份子一樣飽受摧殘，曾一度與趙樸初等人一起接受『群眾專政』。

粉碎『四人幫』之後，禹甸重光，虞愚先生的學術生命也獲得新生。一九七八年後，他調到中國社會科學院哲學研究所擔任研究員，同時受聘為國務院古籍整理小組的成員，以及中國文化書院的導師和中國社會科學院文學研究所的兼職研究員、中國書法家協會理事。儘管年邁體弱，仍為繼承和弘揚祖國的傳統文化而不懈努力，在學術界産生一定影響。晚年的虞愚先生思想得到了解放，先後登泰山、探敦煌、遊赤壁，飽覽了祖國大好河山；並且二渡東瀛展示中國書藝風采，進一步開闊了胸襟視野。隨著文化交流的增強，虞愚先生的學術和書法也越來越受到宇內社科界和藝術界的認同與稱譽，其格律詩的創作和書法藝術的成就也都到達個人的巔峰。可惜天不假年，虞愚先生竟因病不治，於一九八九年七月二十八日在厦門逝世，享年八十歲。

虞愚先生少即耽詩，平生治學之同時，也不輟吟詠。近代詩人陳聲聰的《〈虛白室詩〉敍》稱其為詩，乃得力於杜詩的法乳，特別是虞愚先生早年對《楚辭》和杜詩的研究，『於其微旨，多所闡明』。以至於其抗戰期間所作七律諸詩『極似少陵』，以後的詩作，也都『詩趣雋上，聲情發越，尤長於懷往敍事之詠』，且又『沉雄壯往，光氣逼人』。其中尤值得稱讚的是虞愚先生在『全國解放，日出東方』之後，有一種『歡忻鼓舞，矍然以興』的思想感情，『故其為之於詩者，類皆鬱勃多感。……於是胸襟舒朗，眼界開闊，歌頌黨，讚歎人民，見其於遊覽抒情及友朋酬唱諸什，處處表現其忠愛感與時代性。千年以後之寢饋於《楚辭》、杜詩者，又見一新其壁壘』（陳聲聰《兼于閣雜著》）。陳聲聰與虞愚先生晚年過從甚密，他對老詩友的評價是很中肯的。

虞愚先生晚年總結其詩歌創作的感悟，認為一首好詩必須具備『大、深、新、雅』這四個要素（劉培育《博學的虞愚先生》）。事實上，這四個要素，都能在虞愚先生的詩詞中體會得到：所謂『大』，即氣勢恢宏。如《建國十五周年天安門觀禮臺前作》之『上心世界無窮事，開國中華十五年。大地歌聲動寥廓，五星旗影帶山川』；《厦門大學群賢樓前安立創辦人陳嘉庚先生銅像敬題》之『演武場開大學堂，連雲廣厦起山岡。群賢樓接星辰氣，此老功爭日月光』是也。所謂『深』，即感情真摯也。如《林逸君同志挽詞》之『可憐碧綠花溪水，曾照雙雙鬢影來』；《喜贈應兆蘭君》之『初逢髭已白，相見眼長青』是也。所謂『新』，即立意高邁群倫也。如《遊萬里長城》之『雲連碧海關山險，風定黃河日月明』；《敬念魯迅先生即用其慣於長夜一詩之韻二首》之『鉅著波瀾開左翼，孤燈肝膽照新詩』是也。所謂『雅』，即詞句令人回味無窮也。如《次韻謝唐崇治賀歲》之『節酒莫辭今夜醉，梅花已判隔年看』；《留題水操臺》之『落日雲濤壯，秋風鐵馬哀』是也。虞愚先生的詩以律詩居多，由於注重字句和格調的錘煉，故讀來意境圓融，雄渾沉鬱，集中佳作比比皆是，美不勝收。足見他一生寫詩，都是朝著『大、深、新、雅』這個目標而努力。

虞愚先生一九四九年之前的詩作曾編選為《虛白樓詩》，由厦門風行印刷社以傳統版式付梓。時值厦門解放之際，該詩集被誤當廢紙處理。所幸之前曾裝訂數冊以饗吟友，洪梅生世丈珍藏一冊，並慨然托我將此人間孤本轉寄北京，物歸原主。茲者廈門市社會科學界聯合會、廈門市社科院辟『同文書庫』，廣蒐近代地方文獻，重新出版以存文脈，邀我承乏虞愚先生詩詞的重刊事宜。我於一九六四年因溫陵黃子鑾世丈作伐，始受知於先生，更於庚戌（一九七〇年）之後有機會遊於先生門下，親炙其教誨，因而對此重任，我弗敢以不文辭。今以一九四九年刊印之《虛白樓詩》置於卷端，以劉培育主編、甘肅人民出版社出版之《虞愚文集》第三卷《詩詞》，和廈門大學出版社出版之《虞愚自寫詩卷》《虞愚墨蹟》等書法圖錄（包括漳州松雲書畫院藏《虞愚書法作品集》等內部資料），以及我平時抄存的虞愚先生的詩詞佳作進行合校，正其訛脫，辨其疑似，除其重複，並以寫作年代為次第重新編排，同時在詩後各注明出處。現在輯錄在此作為附錄之部分，總共存詩二百四十四題（三百七十五首）、詞十闋，仍以『虛白樓詩』為名。至是工竣，然限於目力不周，猶未免有滄海遺珠之憾，且忸於學陋識卑，魯魚亥豕之誤，恐尚未免，凡此種種，僅能俟日後再增補完善了。

丁酉正月，後學友生何丙仲記於廈門第一醫院住院部

虛白樓詩

虞愚　撰

自序

凡人情志鬱於中境遇迫於外必積極發之而後快故詩歌之道亦不出內觀外游二途由內觀言不必多閱世閱歷愈淺則性情愈真天趣愈濃陶靖節王摩詰李供奉之作是也由外游言不可不多閱世閱歷愈深則經驗愈豐富思力愈精透杜工部白香山金亞匏之作是也前者孤懸物表塵囂不侵富有生命之意義後者撫時感事一歸於實富有社會之意義此其不同耳詩既有內外之分作者隨其所嗜自擇一途為之既久必有可觀惟欲有作必先有蓄凡宇宙間天地之運行四序之推遷日月星辰風雲雨露之象山川城郭草木鳥獸之文以及聖賢豪傑孤臣孽子權奸佞倖釋子道流

風行印刷社

之異其行歷史宗教哲理經濟政治格致藝術之異其學風雅頌之異其體賦比興之異其法雄渾悲壯平淡蒼古沉著痛快優游不迫之異其趣靡不玄覽旁通綜攝而會於方寸則下筆時必能以習見之材料自出新意運之惟其材料為習見也故能為人所共喻惟其新意自出也故貌若因陳實乃創造譬如郇廚佳饌其所用之芻豢雞鶩乃至齏鹽醯醢不必異於人而所以別於族庖者必有其意匠經營之所在也愚少好諷詩而學在擇理既無所專執性又躁率不能雕肝鏤肺以成精詣然自度人生情感與理性須各得其當專事理性探討缺乏情感陶冶必無樂生之趣故剖析名理之餘亦學為詩詩雖不工然天人之感多矣洎廈門淪陷隻

身轉徙豺虎怵心荊榛刺目睠懷禹域臨睨舊鄉雖無慷慨悲歌之氣抑多幽憂伊鬱之思故集中諸篇往往得之於攬勝之後獨步之頃或夜深人靜寢不成寐之時唾棄凡近固所未能而辭必己出則差堪自信矣長夏如年摘錄成帙反覆自審未知於所謂內觀外游者何居然以抒懷愫狀物變聊自附於窮者達情勞者歌事之列或亦言興觀羣怨者之所不棄也蕪雜之誚不遑避矣

卅二年九月六日虞愚竹園敘於長汀國立廈門大學

風行印刷社

聚珍齋精印

虛白樓詩

竹園虞愚

論詩

或云詩小道壯夫不屑為我獨謂不然至情實寄之言近而旨遠事顯而意微雖一漁樵歌儁逸滌塵思雖一偪仄吟憔悴使心悲大風表慷慨喜起頌雍熙勞人洩憤懣少婦傷別離忽焉而駭愕昏黑臨深池忽焉而莊嚴璀璨肅摩尼忽焉而超邁飄蕩如靈旗忽焉而靜默鷗夢相與期或幻為海市或化為雲螭瀟灑等逸士穠艷逾麗姬其光為珠玉其氣為蘭芝回甘味諫果生爽咲哀梨雷霆發聾聵冰雪沁心脾神思偶不遂星星白髮垂七情受陶冶萬類供磨治大哉詩之道造化相追隨元白貴平易老嫗為解頤盧馬尚險怪神鬼莫能窺

風行印刷社

天才與人力各本性所宜所以騷壇主萬古不相師

送陳叟白往菲律賓

別緒縈懷苦何時再見君貧惟詩作餞愛故語無文海闊橫空翠天低接暮曛鱗鴻來往便一爲賦停雲

雨後卽事

雨過花添色風來竹作聲小窗無個事一鵲噪新晴

舟中遇治公居士有述

無計能銷萬斛塵青衫憔悴困江濱掛帆欲遂圖南願接履欣逢拔俗人客思濤聲相斷續壯懷暝色共沉淪羨君已領緣生法浩蕩沙鷗愧未馴

秋懷

微微霜月侵幽檻漠漠谿雲擁小樓衰柳能言思婦怨

亂峯如疊旅人愁苔痕入戶顏爲古蛩語搖牀夢亦秋心事已同年事去獨憐琴幌夜燈幽

登北高峯

飄然凌絕頂四顧我爲峯江水相爭派天風一盪胸野荒雲似海地迴嶺如墉呼吸通星界能留物外蹤

甲戌花朝菽莊約予聽七弦琴於蔚然亭上歸作

甲戌花朝日幽亭調素琴恍聞天上曲遠答海潮音既愜園林趣彌清煩惱心古徽如可續高會許重尋

同江康瓠登雲頂巖

疊嶂危崖亦壯哉雲間聯袂足徘徊穿林一磬空昏曉臥剎殘碑半草萊紆磴石頑晴亦滑秋蟬聲曳晚逾哀鯤身已等珠崖棄忍見扶桑蛺蝶來（明代倭寇西侵有蛺蝶至見廈門志）

展林和靖墓

澹煙疎柳有餘哀處士高風久溯洄白鶴不歸山寂寂
一天風雨落殘梅

登阿蘭若處呈弘一法師

曠宇無風白日閒古松散葉影斕斑欲披榛莽尋真際
獨倚青冥望遠山喚夢疏鐘鏗自定齧橋流水去無還
嗟予浪迹羅塵坱來侍師前幾汗顏

丙子上巳蘇蓀浦約客十數輩脩禊廈門虎溪公
園時廈門日人氣焰方張也

舞雩點也高風息佳辰賸有吾曹惜永和以還幾脩禊
聊假觴詠壯春色神州莽莽將陸沈尚有此園葆岑寂
玉屏眼底一邏青弱柳溪邊可憐碧移廚和仲信雅人

少長翩然咸蒞集春容酒殘泛瓊漿旖旎花枝照瑤席
相忘爾汝外形骸興酣不覺日之夕愚也逐隊蝨其間
敢與羣賢論遁塞哀時每效梁五噫違俗還成傅七激
有誰能識未飛前春燕秋鴻同羽翼只今榆枋聊行樂
坐對江山淚橫臆嗟我生民猶行尸杌肉臠分任咲咋
卽此嘉禾卅六里臥榻鼾聲傍肘腋閉門拒寇計無從
扼喉拊吭勢難敵緬想蘭亭高會時正值典午陽九厄
右軍憂世具深情玄風欲以崇有易騁懷游目亦偶然
身在山林志邦國一千五百有餘年感慨依然今視昔
何時江左見夷吾願效前驅任鞭策

和王漁洋秋柳次其韻

望秋搖落總銷魂橫笛何須怨玉門露裛殘枝寒有淚

煙籠瘦影滲無痕，風流空憶靈和殿。憔悴偏逢夕照村，
惆悵繫騅游侶盡，衹今別恨向誰論。
輸他黃菊傲秋霜，剩有殘陰罩野塘。攀折那堪當驛路，
飄零端合作巾箱。驚風葉盡隨流水，灑露枝曾伴法王。
省識色身難久住，也同示疾菩提坊。
曾憐光艷玉為衣，迴雪迎風舊態非。鬢盡黛痕眉慘惻，
夢來鶯侶語依稀。已知離別絲難綰，無復顛狂絮亂飛。
腸斷倚闌斜照裏，幾回悽黯素心違。
春色匆匆逝可憐，秋心都化萬條煙。堠亭酒散新愁長，
灞岸人歸舊恨綿。眠起無端悲小刼，榮枯如夢惜流年。
愴懷豈獨桓宣武，淚灑金城古道邊。

贈周子秀

秋風颯颯木葉飛秋月當空天地白先生獨撫七弦琴彈盡心聲人未識

中秋夕寄逸君

照我定情是此月照我別離亦此月任他天上各團圓照到人間總有缺

石鐘將適菲律濱索詩

將欲乘槎去滄溟動客愁詩聲吹水立別意逐雲流賓布涼過夏蠻花艷不秋異邦雖樂土回首念神州

中秋夕遊白鹿洞

豪氣銷沉膡此身銜杯團笑破埃塵孤標石上松千尺清鏡天心月一輪南北東西長汎汎悲歡圓缺自頻頻舉頭愁見山河影大好神州半已淪

秋怨

空階聞葉響，夜靜漏聲遲。不惜相思苦，但愁君不知。

水操臺懷古

勝國還招討，乾坤一霸才。巖端餘碧草，海角聳高臺。落日江濤壯，秋風鐵馬哀。誓師人不見，鼓浪又南迴。

送李天柱入蒙自

故國多艱日，天涯正遠征。梅花香別酒，鼙鼓壯行旌。直下昆明道，遙經交趾城。河梁一揮手，萬里海濤生。

贈楊拓園時拓園方主持虎溪公園

鯤鵬斥鷃同天壤，能主園林亦霸才。拍岸春痕新眼目，壓欄花影護尊罍。憑君磊落嶔崎氣，遣我支離破碎哀。空際又收殘照去，獨攜月色與徘徊。

元宵遇雨

魚龍曼衍影聯翩夜色蒼涼思黯然總角張燈十年事
一時和雨落樽前

秋夜宿兜率院呈會覺上人

薺麥青青樹影重從師啜茗最高峯隔林春水兼天碧
遠塔凝雲盡日封丈室氣蕭交古木石階秋老響寒蛩
孤懷誰及空山好深深省難忘午夜鐘

石遺丈見贈絶句賦此奉答

新詩見贈情深厚期許言辭不在多才可經綸守邱壑
老逢危亂走關河（時丈方避兵來廈）早為南北東西某一付悲歡離
合歌擬共拂衣江海去秋山迢遞渺烟波

附原作

總角工書世已稱更殷年少綴文能斷章正好望吾子青眼高歌老杜陵

讀内院雜刊

文字輝光天在抱觀空自可解幽憂江潮一角燈千樹攜盡蒼生到此樓

江行

江漢渺無極懸崖片月高波濤千里闊宙合一身勞俯仰生何益文章氣自豪壯懷消不盡長揖謝朋曹

題鐵盦印存

蒼茫古篆映燈微金石傳聲世亦希提挈萬靈役刀底雲雷海嶽挾之飛

贈證如居士次巘華韻

朝治華嚴千界隘宵拈詩句一燈親將軍氣度高天下
忍作神州袖手人

支那内學院人日大會呈竟無大師卽次陶闓士
原韻

欣欣草木萬方春人日相從寂寞濱不廢大江流日夜
都吟開府句清新誰非燈幻星翳客某亦東西南北人
別有微言發深省觀緣智卽是因因
綠柳連城別有春天開曠宇在江濱鷄園鹿苑年年會
靈草曇華日日新獨爲斯文持一念坐令發語盡驚人
感師起我凌霄志曠刼蹉跎已畏因

楊復明以所著蘭言四種見贈賦此謝之

惠我蘭言集如君信可人一花黃魯直異代屈靈均潑

墨參真諦聞香證淨因何當謝塵事良契接昏晨

題岳武穆小印

衆安橋畔小池開土中有物光奇侅水晶二寸岳王璽精忠之氣彌九垓甲魔克向黃龍指何異扶摇九萬里那堪鍛羽落權奸風波恨事留青史丹誠直共篆文傳四字（鵬舉之印）今將湼背看若與背嵬同什襲吉光片羽少齋肩龍天呵護珍珪玠蚪蚪形態宛然在英雄英物俱千秋歷盡滄桑長不壞

題溥心畬秋山圖

振振心畬筆悠然寫遠山如何萬里物收在一窗間茅屋無今古秋雲自往還此中真意味吟斷不相關

贈蔣憬然將軍

國仇世變兩難忘猛志堂堂鬬雪霜盪寇孫勛鬱飛動
拂衣危語接微茫心光徐遏兵塵烈贅色猶涵海氣蒼
小檻疏鐙留一醉狂歌此日慨當慷

夜坐

瓠落仍今日披帷意憮然簷花春酌外詩思暮鐘邊月
小千家靜燈高萬象妍蒼茫無處問顧影一相憐

呈太虛法師

萬象沉冥一口吞諸緣了却見真源彌天願力迴殘刼
撼海潮音接聖言手拂楊枝神所勞夢親鹿苑道逾尊
禪心相續無窮世現實名篇儻共論師著有真現實論

邱晞明挽辭并序

晞明居士姓邱名檗宜黃人初入宜黃小學從竟無

師學王陽明學繼入支那内學院學唯識法相早歲出家未遂憫末世比丘逸謗既誕截其本根而欲救之以爲佛法不違大而應小行在戒律而義在阿含懷斯意以之四方於崛港不行入峽入蜀又不行最終募建蜀藏編刻處於嘉定烏尤寺編刻雜阿含經論得四十卷而卒

長懷齋志中年死特立獨行一世無甯雜阿含乘蹻小示烏尤寺道除汙（有四沙門示道沙門汙道沙門等）清修放逸嗟長晦教戒精嚴欲疾呼後世重編居士傳應傷蜀藏正權輿

贈李陋齋

憂民許國徒如許老汝車聲馱影中別後音塵魂夢接燈前茶酒笑言同江湖意氣應多在肝膽文章定不空

攜倚危欄摘星斗天迴地轉起春風

題弘一法師所書金剛經，

須彌作筆香水墨龍蛇飛舞何時息直欲文字放光明
照破十方沉雲黑

題樸園書藏

鄴架縱橫鬱光氣南面百城賢可慕摩挲典籍接古香
徙倚園林饒佳趣中天月照岳池間前賢往哲相往還
冥心深入文字海一勺恣我探微瀾

同李青崖教授遊花溪上游

上游幽趣隔塵寰雲影花光共慰顏山勢倚天爭突兀
溪聲落澗作潺湲霽分殘日風雷靜雨足平疇耒耜閒
攬勝更躋橋北路綠楊枝上鳥關關

元日吳希之招飲貴筑酒家

遠樹浮春色邊陬盪寇氛孤懷無所愬元日一逢君山鳥似相語幽蘭亦有羣深談四壁靜杯斝愧殷勤

楊博清赴渝州賦此志別

意定固難挽生涯出處忙獨攜孤月白一破萬山蒼宿霧依城靜流泉入樹香渝州雄秀地聊復當還鄉

贈余仲詹教授

說劍縱橫又一堂聖言埃滅已無光九流甄綜歸儒墨兩鬢蕭疏閱海桑且喜高鄰接衡宇稍憐大漫待舟航由來正氣支天地經國文章未許藏

竟無大師挽辭

歷劫蒼茫此一燈平生俯仰最高層深談直到滄桑盡

寂照惟推孔佛能孤處冥搜心悱惻千秋自許骨崚嶒人天何處音塵接嗚咽江濤慟不勝

渝州旅次

九州哀破碎半壁繫存亡巴蜀三年客乾坤百戰場亂時無至計明日又殊方夢挾波濤走寒星夜吐芒

本道將適渝州寫此志別

歡會不可常別期驀然至去去望後塵黯黯生離思君懷浩如雲著紙深以粹究窺二窗全並拾蘇辛墜遽割文字緣奔命干戈際豈無再覯時世變或難冀繫愚聞道晚出處更何地卻復傷國魂倭寇憂匪細城郭斥為墟豺虎恣吞噬浩劫日以深蒼生日以殞君早握道樞籍甚瑚璉器桃李徧江東具瞻風教寄楨幹收賢豪筐

風行印刷社

篚絶輿隸此去駕長風夙抱盍一試立國亦有方所要揚民氣志一氣彌揚夫志氣之帥

題陳三畏印存

刻玉鐫銅寄古歡規形容易得神難精能惟有陳三畏風雨孤燈勒肺肝

同歐陽懷嶽登北極閣

盤空道盡一樓出疑有天龍與護持堞影參差横夕照松花沉翠著高枝秋深山寂雲奔屨鐘定風微鳥索詩身外晦明莽相代蒼茫萬古入燈悲

奉懷李證剛教授渝州

江城一角似坳堂獨倚高寒望月光稍覺孤襟生白露長懷大老繫苞桑黏天雲樹情難遣入峽風濤夢可航

日把新編虞氏易羡公宴坐得深藏

日寇飛機肆虐長汀曾昭丈來詩慰問賦此報謝

憑風鼓翼如鵶鵬撼海穿雲藐僕姑微命可堪逢爪觜
高吟猶自撫頭顱百年忍詬人同恥多難興邦事不誣
返棹滄江應有日天風飄盡淚痕無

壽陳嘉庚先生 并序

先生世居閩之同安集美社少隨父商於新嘉坡以善經營致素封孫中山提倡革命先生募貲贊助不遺餘力卅八歲回里大會耆老於集美宗祠籌設集美小學厥後集美師範商科幼稚園女子師範水產各校以次成立風氣大開於時華南尚無大學先生又斥資籌設廈門大學延攬碩師大儒以造就建國

人才九一八事變以來國難日亟先生忠義奮發獻貲勸募奔走呼號如不及民廿九年領導南洋慰勞團蒞陪都鵠立江干迎候者數萬人時重慶廈大校友會校友謀為洗塵先生體念時艱堅辭弗應惟共攝一影為別太平洋戰事發生新嘉坡淪陷敵求先生急先生遂遯跡荒山歷盡艱危卒不為屈卅二年春愚至長汀廈門大學任教翌年適先生七十攬揆之辰校友假閱覽廳遙祝謹成一首

南極星光耀澄江萬景新足音尋絕域胸次邁千春漢漠風雲際堂堂道義身收京期不遠重與接清塵

題黃伯虔鷓鴣賦箋釋

俟齋晚有居易集文辭剛健倫常植鷓鴣一賦尤無傳

託意遥深誰與釋伯虔肺腑與之同鞏鼓聲中仍把筆
分疏義例詳旨歸一十九章辨纖悉精靈異代若可通
相得益彰神莫逆光芒照海聲動心能令千載懦夫立

傷歐陽懷嶽 幷序

歐陽懷嶽詩才亦當今秀起畢業廈門大學後任教
贛縣正氣中學旋改應遂川中學聘誰知道濯狗噬
以死哉師友會而哀悼之

媻珊勃窣矜孤抱瘈狗何來竟噬之忍死一呼嗟已晚
冥心千載復奚為難忘燈穗參真諦更辱詩篇問故知
久斷囂埃摩淚眼俊游笠屐已無時
布穀聲中數往還起予都講倚龍山昌詩深願天應鑒
走贛孤蹤夢與攀承問有人疑骨相蘊奇無分補時艱

飄燈撥醞都陳迹長繫吾思舊日顏

落葉千山迷處所昏燈五夜祗成悲孤幃不動疑人立萬象沉冥感世移微覺死生如短夢劇憐蓬梗有遺嫠煩寃身世誰相喻月黑楓青未忍思

次韻酬王夢鷗教授見贈

興酣落筆動山川摩詰高情世已傳儘納青冥寫寥廓獨迴襟抱解哀憐盟尋鷗鷺心源合夢破風濤性道全邂逅能為文字飲菊黃酒熟欲霜天

登大湖山天鵝橋

攀危俯世此心尊抗墜山風為我喧北望陣雲低復起欲劙肝膈補天痕

新居牖下有古松一株所謂雀舌種者

相對忘年牖下松拏空直幹欲成龍蒼鱗自接混茫氣
翠鬣誰窺塊獨蹤出岫片雲彌六合橫天飛雨晴千峯
羇棲與我寬愁思掀盡濤聲答暮鐘

次韻酬鄭海夫見贈

新詩磊砢氣如山唾落迴風驟雨間衆噪故同林雀散
孤懷自狎海鷗還虛堂說劍應難偶深夜擎杯欲破慳
汩汩九流趨貨殖吾儕狂語不須刪

贈知識青年軍 幷序

疾雷破山風振海起聾聵於今日者其唯詩教乎抗日軍興愚方作教棲長汀讀政治部告知識青年從軍書中有十萬青年十萬軍之句因用之以成轆轤體四首繞梁裂石愧未能也

十萬青年十萬軍壯於山岳盛於雲足寒敵膽張吾氣聽唱鐃歌看策勳雄冠劍佩饒英俊十萬青年十萬軍臨睨舊鄉換歌哭揮戈看度北山雲中原狐兎交蹄跡百二山河慘無色十萬青年十萬軍快馳天馬收八極挂夢風沙白日曛夜堂擊劍氣凌雲龍文虎脊堂堂在十萬青年十萬軍

汀江弔屈原

生死榮枯際昂藏磊落身讒竄傷日月氣已懾齊秦授楚天難問招魂迹未陳一樽汀柳外腸斷白蘋新

呼天呼父母腐史讚騷經所託更何世行吟自獨醒層

聚珍版精印

霾昏楚甸孤憤泣湘靈忽起蒼茫思新蒲蘸水青

同伯虔赴周慶孚夜集

江吐穿雲月簾窺壓屋山傳杯忘客主役世判忙閒燈火疲宵半琴聲韻座間園林從小坐幽趣復相還

接履城南道蒼然望遠山繚垣縈蔓窗曲徑綴花閒相賞驪黃外聯吟几席間深杯戀涼夜斜月擁之還

月夜看松

月從天上來松從牖下起月光松氣相盪摩長天之色如秋水霜皮鐵幹歲寒枝夜深還見影參差千秋知己孟東野解道青青獨何爲（孟郊罪松詩松乃不臣木青青獨何爲）灑面時疑霜雪急槃礴不動如山立坐看雲影過中庭欲與青冥共呼吸我行到此汝若知聳鱗拏鬣爭雄奇窗外添香更添色

盡日謖謖寒風吹胸中抑鬱此時開興廢倏忽何其哀頓覺蒼茫萬古意遠自壁立千仞之中來

鄭恕方以哭弟侃君永安殉難詩見示賦此慰之

侃君故人弟孤學奮窮巷學成行更修時風矯流宕盡職羈永安砥礪真無兩妖霧一昔橫火鳶彌天颺翩翩美少年慘慘殉烈煬聞耗霎迅雷同氣增悒怏汝兄余相知文學夙所尚汝魂化青鳥為狀甚悽愴浩氣固長存少年今誰望大地張殺機生民失屏障豈徒一家哭死者以國量匹夫匹婦雠更毋一日忘胡命其能久國威行日上寃魄儻有知含笑向幽壙

宋省予以所作雙魚圖見饋賦此報謝

綵筆靈奇百口譽多情為我寫雙魚從容一寄濠梁趣

似問人生樂此無

宋省予返上杭索詩賦此志別、

江城雪意遮歸櫂入望家山百意新樓上春風尊畔月
羡君已是畫中人

搖蕩溪光綠浪橫投林孤翼帶微晴知君此去寒山在
日對新羅好畫成

風雷海嶽一尊收偶入紅塵又掉頭萬古劫灰如未掃
好將清尚障橫流

翠鳥依依惜別晨蟠天際海欲誰親飄歌尊隔盈盈水
愁殺山陰覓句人

羅心冰以近作重來集屬題寫此貽之

九垓震蕩留吟卷逸響都非衆所云新谷神工詩作記

鳳行印刷社

獨山野店酒難釀南衡寒陣隨征雁東亂江流返故羣半載相望今不負藝林中有岳家軍

上杭道中 并序

倭寇陷贛州長汀廈門大學擬疏散上杭開學愚率眷買舟以先兩岸霜風淒緊陰雨霏霏一若國將亡族將滅者天胡如此醉耶率成五言聊以遣悶耳

斛枕江風接移家迫歲闌未須憐寂寞正欲試飢寒凍雨沉兵氣驚弓溼羽翰是非心史在不寫與人看

江行

千尺江流照影哀此行不為看山來舟前唱罷家山破萬象低昂入酒杯

題宋省予鶴立鷄羣圖

喧爭如入淮陰市獨立清於蜕骨僊野鶴家鷄同羽翼
有誰能識未飛前

譯棄疾詩

事物之美者怡悦自恆久愛之日以增終不歸虛有

題丘百窮墨竹

陰翠掃蒼穹龍吟想像中寄情三徑月吹夢萬山風瀟
灑身俱化清新意不窮虛堂回儁味不戀北枝紅

題宋省予黃麗卿賢伉儷合影時麗卿已謝世六
年矣

閱世原同一夢飛鏡中生死影相依可憐短命哀徐淑
六載芳魂喚不歸

題康南海楹帖

驪龍噴薄騰南海鵬鳥威遲起北溟五百年來無此作
光芒神奪石門銘

爲鄭治濟題採花女圖

澹蕩春光不自持劇憐穠艷兩三枝襪塵一點攜香去
月冷風清欲遣誰

題徐飛僊退休圖

道術追千載兵塵老一儒吟飛金石氣笑應馬牛呼孤
憤藏杯斝幽居入畫圖蕉天中坐臥元化與斟濡

至廈門

留命看山意自哀孤尋墜緒過江來凄迷往事烏啼頃
斷續行歌日落纔鬢底波光搖寤寐尊前霜氣肅樓臺
攀危更有滄桑淚醉倚秋風弔霸才

題宗敏春江垂釣圖

風靜雲晴何所悲伊緡垂釣已多時醰醰比興心源在微許春江鷗鷺知

贈麓坪

千載武當承法乳緜緜神理欲誰傳一元化育參奇變大道都藏太極拳

林藜光挽辭并序

林君藜光廈門人畢業廈門大學哲學系十八年春從俄人剛和泰Stael Holstein學梵文於北京孜孜然四載而不倦也廿二年夏應巴黎國立東方語言學院聘爲教習課餘復從法國梵學大師烈維Sylvain Levi博士游心細而力果遂能於諸法積要經Dhar

-ma Samuccayar之梵文寫本加以邃密之研究旁及佛教史地語言演變諸問題所期至大亦何愧乎古人歟然不幸遭世多艱境危身弱竟於三十四年四月廿八日病卒巴黎生世纔四十四年耳有才不永年悲夫

世態紛千變乾坤託一瓢羣囂空自震孤詣不相搖虎豹呼天問魚龍共海遙九京人不起鵬影過蕭蕭

絕學湮淪久多君振法輪冥心空有義落筆契基鄰鹿苑光初大雞園迹未泯枕中經積要抉擇恐無倫

堂堂魂魄碎猿鶴亦同哀歌哭窺深意山川惜此才知猶生氣在儻並怒潮迴鴻寶藏塵篋蒼茫未忍開

喪母歸閭里銜哀出國門謳歌魂欲落壇坫道能尊海

注荒寒淚天餘慘澹痕遺編微尚在原有不亡存
刼後貪重見彌天孰與親欲窮心上語頻失夢中人駕
海吾甯及移山志未申（君曾撰壓硯曾聞金可鏤移山那惜鬢成絲一聯自勗）祇餘半規月來
映淚珠新

除夜

燭影搖殘夜江聲上小樓詩攜山雨至夢逐海雲流冷
暖將誰語新陳各自謀年華彈指過何以釋幽憂

題行脚僧圖

石徑何崔巍孤懷與之騁時有片雲飛殘衲補天影

黃松鶴以出獄詩索和次韻答之

流亡曾記寇深時夢逐幽幷游俠兒雲影常籠延息榻
蟬聲凄撼挂魂枝驚心三木頭顱賤照淚孤燈肺腑癡

蠻徼生還詩句健日酣江淨合傳卮

雜感

譚子當年著化書谷神玄牝善噓枯如何雞犬升天後
不念荒山一老狐

參軍幾輩能蠻語衛尉何嘗值一錢桔梗豨苓皆可帝
鼠肝蟲臂任其天

重遊虎溪巖絕頂覩十年前所書翳海二大字

千秋留此峨峨石海色天風掩映中刼後蒼茫來一顧
墨痕猶欲溼鴻濛

太虛法師挽辭 并序

太虛法師通世間學深佛法於佛法中有八大貢獻
一者判攝一切佛法二者敘辨武昌佛學院三者發

行海潮音月刊四者整理僧伽制度五者提倡人生佛教六者弘法歐美各國七者溝通漢藏文化八者翊贊抗戰建國大業御世撫物道所兼賅亦云偉矣昔法王御世獨演圓音然機感不同故所聞亦異迨佛入滅後弟子之間對教義見解不一宗派遂分於是小乘則有上座大衆之別大乘亦有瑜伽般若之異傳入中國小乘開宗較寡而大乘之行派綦繁冰炭不同主奴各執在已者張之異乎已者則必欲黜之而後快太虛法師得三藏之隱賾究諸宗之根原以圓融之慧眼將一切佛法攝而判之所著我怎樣判攝一切佛法一文首論教之佛本及三期三系依印度結集及其流演分小行大隱大主小從大行小

隱三時期其流行於今日世界之佛教也析有三系一巴利文系小乘佛教以錫蘭為中心二漢文系大乘佛教以中國為中心三藏文系密宗佛教以西藏為中心次論理之實際及三級三宗所謂三級者五乘共法三乘共法大乘特法也然大乘法廣應分三宗依為無為門明二諦宗勝義性成抉擇慧曰法性空慧宗依執無執門明三性宗有為心立親生因曰法相唯識宗依漏無漏門明一實宗無上果顯本淨心曰法界圓覺宗末論行之當機及三依三行一依聲聞行果發大乘心二依天乘行果趣獲大乘果三依人乘行果趣修大乘行蓋依正法像法末法而言也其廓然大公惟真是求之態度為何如哉佛教至

唐而極盛亦至唐而始衰雖時會使然亦由弘法者漸少反觀日本則葆藏佚籍還餉中邦啓牖新知早闓大學即此一事我已後人其他更無論矣法師振此頹綱擬建武昌佛學院招致生徒宏開講席以數歲之功探方等之要厥後各地佛學院紛紛設立風氣大開教澤旁流實由武院開其先也文字般若能嫺而後觀照般若不謬觀照般若既習而後實相般若相應故文字之功斯為至大法師民國七年季出覺社叢書五期滿足易為月刊名海潮音發揚大乘佛法真義應導現代人心正思議論公開思想互助慘淡經營於茲二十有九載蓋自有月刊以來未有如斯之恆久也佛教僧伽制度本乎律藏而演為清

規惟法久不改流弊滋多濫剃度濫傳戒濫住持即其例也法師冥探戒律之精奧適應時代之需求成整理僧伽制度論一書又時時擘畫組織中國佛教會從事整理工作雖積重難反習非勝是然整理僧制之弘謀世之談者未能或之先也世人多以佛教為出世與人生無補一若以佛為解決生死問題為能事違害正法莫此為甚法師提倡人生佛教建設人間淨土一洗千餘年消極厭世之謬見所著生活與生死一文曰佛法以大乘為主以小乘為從佛法之解決問題亦以生活為主生死為從大乘佛法無他要言之則大悲大智以護羣生而已抑何深切明著耶歐戰告終科學萬能之噩夢已為炮雨彈烟所

驚醒彼土固有之學術未足安慰知識之要求迺究轉而有探究東方文化之動機我國諸先進亦欲應用此時燃有情同具之一盞心燈以照耀於全世界法師十七年秋挺身歐美歷英美法德比諸國分訪西哲顯揚聖教洗衆庶多慾之累牖世間未啓之明泱泱聲譽彪炳全球矣民族精神之結合莫大於宗教若任其分離渙散直爲亡國之朕兆以中國人種之複雜言語之互異若再加以宗教之衝突國情將何恃以統一法師知其然也早派學僧留學西藏創辦漢藏教理院於渝州溝通漢藏文化編譯藏文教科書使藏族對於漢族發生同教之感情而對於英人發生異教之界限則向外之心可以自戢而內附

之念可以永固雖曰護教抑亦護國也或疑至教無
益邦家而於國土興衰非其措意甚至遠引釋種之
亡近舉五天之滅以為崇信佛法無益邦家法師於
抗日軍興本出愛王經廣陳救國之術組織僧伽救
護隊不違淨戒而有多功廿八年秋又組中國佛教
訪問團由滇而緬甸而印度而南洋羣島以佛教之
夙誼與之交通聯絡雖愛國志士不過如斯也凡此
皆就其卓犖略舉綱維至於戒行之謹嚴心量之廣
大學識之閎肆智慧之超奇著述之豐富無待敷陳
羣知信仰矣法師浙江崇德人自幼出家百鍊險阻
以成器而一趣於法事民國三十六年三月十七日
示寂上海玉佛寺世壽五十有九四月八日荼毗於

海潮寺赫然得舍利三百餘顆心臟焚而不化斯乃無始終慧業所晶結不思議淨德所集成也嗟乎時無龍猛南天之鐵塔誰開座邈獅威波旬之箭蓮未化生靈日瘁而殺人之器日新風紀日頹而導欲之書日出魔啖方熾慧日潛輝演若狂奔獅蟲互噉茫茫天壤搔首何言百感交集系之以詩

一老匡廬下巖巖拄杖尊孤懷照蒼莽萬化見根原本性沉迷久自由反復論吾生緣不淺屢矣接微言

講學乘槎去雲天放眼新冥心千載業攜手五洲人自證空潭月能回大地春清輝彌八表淨化海之濱

儘有芭桑計尤肩衛教功文章八家外經論百川東淨行天應鑒覃敷道未窮扶筇來往路一夕起悲風

當年心上影危語萬峯前小住春申浦旋歸兜率天羣
囂應自廢後起定誰賢往事成追憶哀音感蜀鵑
實稟生民秀爭歸大德名善心馴乳虎餘痛縱長鯨苦
語持砭俗羣生作啓明虛堂懸古貌涕淚向西傾
法會堂堂在荒山意緒長深悲師不作長遣道相望聖
教關興廢遺編發耿光人天緣已矣空復九迴腸

契誠居士邀飯湧蓮精舍同葉青眼莊漢民

一別十載強各有滄桑淚既深飄泊悲亦減恢奇趣世
變實之驅分攜南北地藺足烽燧間留命偶然遂國土
雖重光風雨猶如晦鷺江獲二老相對儼夢寐清坐避
羣喧微吟收遠翠來分香積廚甘芳喜兼備主人廣長
舌平章到文字

臺灣雜詩

民國三十六年七月愚應聘往臺灣講學多瞻名宿殊饜夙心山林之秘競呈觴詠之情斯盛攬勝之餘恆多鬱勃託諸比興不務求工暇日書之聊記泥爪云爾

七月二十九日始乘飛機

莊周論逍遙自由之極致今知行路難轉覺凌霄易夙聞氣猶水浮物水不啻鼓翼聲逢逢震耳雷霆銳梭穿飛雲間肺腑盪層吹縮地誇長房今昔已殊勢泠然御風行從容得下視掠眸海愈明秋毫不改位遙樹挂微晴蒼然二峯翠升降冷煖分四序倏而備山川一掌中藐矣人間世大塊卽大文入眼窮雕繢真力發其扃驟

雨灑滂沛東望太平洋浩漫無涯涘看縮閣浮提鯤身瞬已至持余眇眇身故懽拾遺墜世難益層疊北雲雜烽燧上界入琉璃下方酣夢寐吾道屬艱難孤襟洩危涕

晤中天喜贈

樓館嵯峨意不移別愁欲說轉迷離敢云避綂非時用祇覺雲山與性宜振海鯤鵬元自遠同林燕雀漫相疑今宵招得南天月一爲知音論所思

北投

觸熱貪邱壑飄然到北投獨從深夜雨坐領半山秋泉脈懸危石蠻花媚小樓懷人江海邈成就一宵愁

草山

欲攬溫泉勝揮車上草山懸吟清磬落憨夢古松頳風葉如相訴江雲不可攀寒光濯肝肺殘月負之還

赤嵌樓

霸氣飛揚地風雲壯一樓天心繫明社物望重神州壇坫驅殊類菁莪預大謀折衝人不見來此看橫流

涵碧樓

高樓一望掃煙嵐巖壑崢嶸萬景涵我欲斷除前後際還看心月印澄潭

日月潭

驅車來從萬山底目極巉巖高未已誰知絕頂透潭光水靜山閑三五里輿來斜日偶維舟神社荒村猶可指豁然人意與雲平疑有詩聲激波起

鄭延平祠有古梅一株相傳爲延平手植

逝者誰能留古梅色不改祠旁一遇之凜然公宛在昔中如有情空際苦無待蕭蕭天地秋獨傲霜風外

八月二十九夜

一宵風揭屋勢欲挾人去海惡天無情茫茫向何處念我轉蓬身不憂亦不懼轟擊萬靈號飢溺吾所慮

王夢鷗教授居甯有詩詠懷次韻卻寄

豈有人間乾淨土寄身塗炭兩人同炊連烽燧衣痕黦血迸蟲沙海氣紅宮闕天高勞寤寐江湖夜永矢初終掉頭已是經年別空賦停雲托斷鴻

黃盪甫以其先師吳靜夫思樂圖屬題

世相無常任披圖似見君石橋閒倚杖泮藻煥成文懷

舊存天壤飛吟過海雲忘機魚發發此樂已難分

次韻酬潘國渠見贈

觸手琳瑯別有春神通遊戲九垓塵嗟予去住兩無計憐子煙波共一身晦迹自甘禪處蝨危心漫擬袂傷麟蟠胸千莫終騰躍飛出高吟動海濱

贈高夢熊教授

倚海樓欄景萬千繩牀卧看月娟娟久更世患身猶健自養天倪意已便謂我能詩真失笑與公講學竟忘年山花初放東風軟十里香紅杖屨邊

重遊太平巖

石磴盤紆路可尋嵯峨樓閣俯層陰凌虛欲合蒼茫氣亭午惟聞鳥鵲音忽忽十年南國夢滔滔千古大江心

嚴行印刷社

峯巒長拱讀書處（巖端爲鄭延平讀書處）徙倚清漪照獨吟

登六和塔

偷閒了我登高債，選勝來尋遠嶽盟。盛氣猶凌孤塔迴，曠懷一對大江橫。雲風摩盪開奇局，巖壑低昂入晚晴。默誦楞伽今悟否，潮聲終古答鐘聲。

宿靈隱寺

洗巒雨止臥僧寮，月朗雲開夢亦消。昂首長空詩思滿，清光照澈可憐宵。

湖心亭

刼末重來撫此亭，雨聲滴入萬峯青。一襟初領荒寒味，九逝騷魂喚不醒。

西湖樓望

嫋嫋湖光漾碧漪臨風茗椀暫舒眉半規松月吾滋戀
爭取東方未白時

贈王師復

半山餘事論詩賦攜共高樓倒此觴忍見蟲沙同一刼
得安編簡郎吾鄉陰陽任運相流轉江漢衰時自激昂
各有風懷寫孤憤滄塵捲日墮荒荒

虎頭山寓樓雜述

結廬虎頭山頗復稱幽雅嶔崎羅崖石輪囷列松檟插
天孤塔迴背日一峯赭書卷娱清秋茗椀消長夏滄海
具大觀真賞亦不寡風雨晦明間變幻何蔚也有時值
晴明山光助妍姹有時忽雨風雄濤奔萬馬蹴足最高
層豁然露平野孤舟落眼新白鷺穿雲下景物盡化工

亦足我心寫捨身救世間此意俟來者

大士農場訪證如居士

新霽開吾意孤尋大士林灌園仍至樂據槁或長吟閒寘同天手綢繆學道心舉頭明月在一證去來今

和夢鷗教授白門初冬次其韻

山哀浦思幾朝昏蒼狗浮雲難具論舉國知亡甯過計萬方有罪復何言燈殘樓覺天沉月樹老風悲葉去根爲客江南今更賤時攜危涕望修門

贈豐子愷教授

起撫先師迹獨爲江海行笑譚參造化膽接快平生觴手孤光吐迎眉萬象橫中原金鼓震有淚倚河清翰墨原餘事沈冥各此身片帆吹汝至冷抱向誰陳天

若私吾輩江猶起戰壓巖泉分勺飲胸次養微春

喜陳滌處至

萬疊雲山壓鬢邊圍花依舊話燈前荒荒風接蠻夷窟澹澹杯傾島嶼天大決江河民命賤冥探橐籥戰氛連衆生顛倒成今日手寫楞嚴也自賢

君理教授招飲玉屏山寓樓

避地沉冥一世豪未將餘事廢詩騷四圍林壑開圖畫隔海烽煙振彩毫勸酒儘逾投紵雅起衰彌覺鑄人勞玉屏山下幽幽屋時借天風散鬱陶

贈會覺上人

斂手江湖意已蒼十年往事賸迴腸鬢絲坐閱恆沙劫屐齒猶留楚澤香誰解倒懸蘇世患獨回孤抱待天昌

鳳行印刷社

南來政有斐然喜欲借名山作道場

薩本棟校長挽辭

氣類行將盡寒星夜斂芒心期餘蹇蹇歲月去堂堂空縕胸中錦難求肘後方那堪聞楚些拭眼對蒼茫

萬化原如夢存亡指顧間傳薪倉頡廟公如長汀時嘗於倉頡廟眠食讀作會客授課咸在其中如是者數年振翮陸機山美洲有陸機山係譯音誰信才無命終憐鬢未斑九京雖不作風節重人寰

著述中西編書存公與存乘槎非本志去國有難言疏淺承推許孤寒自感恩曩歲首都中印學會欲得能嫻中印學問任秘書者求其人於薩公薩公未嫌吾學之無似為之遊揚事雖未就厥情渥矣哀思羈萬里有淚欲先吞

嚌真生死以此志與誰陳海嶽扶孤杖人天剖一壁拙書偏見許正氣欲求伸卅三年公應美國國務院聘赴美講學屬作中堂擕贈外友愚遂寫正氣歌一幅并見與評本以應俾友邦知我民族亙古以

來具有不可磨滅之正氣此次抗戰純以是非為立場是非所在正氣以之而一切敗壞灰燼不恤違也棟折甯無痛青年要此人去夏猶親炙空山絕足音羈魂呼或出國運痛方深海內孤兒夢天涯嫠婦心寄書知不達寫恨月沉沉世改身逾病醫來事已遲未乾憂國淚難塞倚閭悲頂踵都無悔平生未及私江湖餘一慟為位哭吾師

和羅稚華四十初度感懷四首次其韻

荒城莽莽月如鈎夜起孤吟山更幽古劍韜光猶鬱勃晚江照影任淹留俊游句拾荒遐地獨寐燈搖鼓角秋涼滿沙堤芳草歇不知何處寄離憂

幾年征淚染衣斑浮海奇蹤夢與攀萬里鄉林悲久客重溟風羽倦知還輸君浪迹滄波裏老我生涯烽燧間偶亦陶然杯落手嵯峨詩膽出天頑

壇坫何人任刼桓看羊塞上碧天寬玄黃龍戰憂方大
風雨雞鳴事已難拂袂潮隨孤月落壓樓雲帶萬鴉蟠
江關千古同蕭瑟衰柳搖風野渡寒
時流眼底定誰賢執手相看各惘然世局推移曾幾變
吾儕哀樂已中年茫茫未盡平生意瑣瑣翻贏翰墨緣
齷齪嶔崎無一可斯文留脈儻關天

稚華招飲南普陀寺為哲先餞別並留影紀念賦

此為謝秉簡同席吻華仲詹二教授

海氣荒寒接窅冥五峯齊向酒杯青高談世務無交涉
小別情悰雜醉醒古木前朝猶歷歷龐眉三老並星星
日斜巖罅同留影昂首長歌殺萬靈

涵虛樓雅集分韻得涵字

天風吹短髮雲氣鬱曇曇野樹紅爭出晴漪綠半涵山中成小集象外恣雄談便欲乘槎去滄溟泛月探

樓夜雜述用稚華韻

山蒼水碧競相參稍喜層樓傍斗南冷逐迴風穿遠海急攜驟雨洗昏嵐冥心欲入寥天一顧影真同明月三舉世無人矜此意重尋茗椀領餘甘

大江

大江相續流俯仰乾坤小樓坐壓羣喧氣與長天杳

次韻酬汪照陸丈見貽並簡其館甥張廷標

盤空硬語久已無論詩微公曷歸乎依然故態笑狂奴佳章入手雜懽呼公氣何盛貌何臞還思赤手縛於菟杜陵身世際艱虞所願可致黎元蘇橫流刺眼增嘆吁

五百年來道已孤起衰大任仗師儒敢言暇豫之吾吾包孕羣籍握道樞胸錦爛然若星鋪九天咳唾撫吟鬚辟易百怪奔蒼狐容余亦步復亦趨醜書拙句驚揚揄自憐寄跡長海隅跋浪鯨鯢失翦屠却枉昂藏七尺軀末俗莫挽大覺殂烽燧已徧東西隅山河百戰血模糊排蕩宙合雷霆驅精神相照了不渝張子咄嗟步兵廚未飲先已醉清醐花豬荔子美且腴勞歌惻惻聽嗚于哀時令人涕淚俱作健欲言又囁嚅指顧誰收半壁圖

附原作

夜行將軍呵禁無射石猶能沒羽乎束髮昔曾入匈奴咆哮驃突敵驚呼頭今已童骨更臞浪夸老蚌生於菟挈兒來宿永興廬三更月吐林蘇蘇一嘯風生

萬竅吁狂吟詩卷天地孤雄談佛老輕羣儒詩禪流瀣融真吾其光熊熊灼天樞徐榻下時笙簟鋪夢殺白額捋黃鬚千山射獵圍短狐奚恤假威馮婦趨色爲之變相揶揄迺或傅翼長負嵎苛政之猛民其屠虎昂以頭人以軀下莊辟易周處殂何時腥臊清海隅曉起江天雲模糊羣峯呑盡獰雷驅著雨穿牕縹緗渝閨秀治賓躬邺廚殽核經筵酒醍醐飽飫書髓饕道腴午睛黃嫲覺于于松濤撼屋天風俱海容微笑巨鱗嚅湧出詩人筆陣圖

贈宣平居士六十生日

落落平生意堂堂自在身殫精親簡牘見獨破埃塵（莊子已外生矣而後能朝徹朝徹而後能見獨見獨而後能無古今）江海端居善風雲百戰新相期殘刧外

古柏對嶙峋

贈吳古介先生

所志亦用世世胡轉之遺市樓借棲止常興仲宣悲夫故厄其遇或將昌以詩此意是耶否茫茫不可知平生持狷介取媚肯弄姿傾談過夜半新篇時一窺餘緒見襟抱努力詎在茲

嘉庚先生返閩詩以迓之

鬢底波濤十萬程文章時作不平鳴歸參新政規殊遠笑謝羣喧道益宏直可秋爭橫老氣亦猶山並仰高名瘡痍未復關襟抱何限家園別後情

燹餘海嶠重親炙家國無窮事待論矚睇萬方看旦復艱難吾道際天存風裁灑落傾賓座情趣紛綸接酒尊

突兀胸懷横廣廈已留高矩在中原

祜先學士新婚索詩

雲水連鶼鰈梧桐集鳳凰好擕滄海月來照綠蘿觴燭影紅揺夢花枝暖孕香神州方有待振翮看高翔

得證如居士手書報以長句

雲天尺札低徊久心事微公或尟知合眼蒼生迴寤寐處身昔日際危疑仰攀大塊嵚崎氣來接千秋鬱勃思江海看春應不遠梅花消息在高枝

贈曾詞源

欲注長河入酒杯與君大笑醉千回華年駟壯匆匆逝已負仙才況霸才

為稚華題古硯

印刷社

美其體隱其文天性厚暉光新終不以磨涅汨其真

譯歌德詩

萬物原一體息息互相關連環不可解真力彌其間升降變倏忽互攝自渾涵佳氣從天來氤氳溥大千元化轉妙音和諧若難宣

贈黃盪甫

桐城原是舊儒鄉抗手猶堪四上驤坐洗煩襟吞海氣起攀南斗接詩光棲身橐籥神俱穆（君以橐籥名其樓）挂夢煙塵意已蒼活火一爐看蟹眼別饒滋味品旗槍

漫題

所以衡决宇宙之網羅者如是其虛所以拔有情之苦者如是其孤吁嗟呼不有以持之其何以居

辯證法之發展撰竟偶成一絶

自然社會與思維，辯證精神一貫之。拚取全民齊解放，馬恩[illegible]師。

[illegible]肄業醫務學校

百年政變吾能說，千里風濤汝奈何。敢懟風塵諸弟隔，神州正待起沉痾。

詞附

齊天樂 送大業赴粵

蒼茫家國無窮淚新霜鬢毛如許乍定吟魂方親笑語又說飛篷南渡江湖倦旅記朋飲山樓墜歡如露奄忽風波水濱凝佇艤舟處　無情江樹一碧只新詞幾闋銷得殘暑月色蒼涼山雲黯淡相對渾忘遲暮騷心最苦似為我羈留細商音呂後會何時更煩君試數

玲瓏四犯 題梅窗詞

疎影搖風正一角紅窗傾寫佳構嚼徵含商筆底總珠丸走岑寂索笑誰邊又笛裏似聆哀奏任艷桃穠李如繡怎抵玉姿高秀　暗香翻憶孤山舊倚高寒萬株冰蔟幾年契闊緬前塵對此頻搔首一樣古色古香堪妬

歛清才天授更不尋往日珠玉晏塵埃柳

天香 詠西藏香

塵麝飄雰絲煙曳雨奇香乍爇山館翠幕分溫裊空無盡獨有一生憔欠人間別久空冷落騷魂一綫祇愁游絲不定還愁夜風吹斷　幾回梵音寄遠撥殘灰寸心先亂更恨鬱金消盡密嚴池苑芳思年來頓減便海迴宵寒有誰管寂寞南樓青衫淚滿

附錄

虞愚先生詩詞補輯

何丙仲 輯註

前　言

虞愚先生平生勤於作詩，但所作多隨手書以贈人，竟無存稿，及至晚歲扶病作自寫詩卷，所存不過三十首耳，實不足以窺全豹。歲庚戌（一九七〇年）後我有幸遊於先生門下，先生每吟誦得意之作，我必抄存之，其後先生贈人墨寶或有佳什者，我亦必恭錄之，久而成冊，然亦未逾百篇。茲者重刊《虛白樓詩》之同時，搜集整理先生散佚的詩作，尤其是中華人民共和國成立以後的佳作，誠為重點。幸蒙先生的女公子虞琴女士鼎力襄助，不但惠寄《虛白樓詩》原刻本的影本，還提供她參與編輯的《虞愚文集》之『詩詞』部分，使我得以與《虞愚自寫詩卷》《虞愚墨蹟》等圖錄所載的詩詞綜合起來核校。厦門大學洪峻峯先生最後審閱了初稿，還補充了一些民國時期虞愚先生的詩詞剪報資料。今將蒐集整理所得的詩詞，按其大體年代輯成附錄。虞愚先生之作品當不止於此，將來肯定有更完善的版本公之於世，是有厚望焉。

丁酉清明，後學友生　何丙仲　敬識

二十世紀五十年代以前

經松江感賦

薄遊無定處，親舊總難逢。暮角悲如語，寒星動有芒。潮平低近樹，寺遠落疎鐘。獨向松江宿，行藏似蟄龍。

【註】錄自民國時期厦門舊報刊，署名『虞德元』。虞琴編：《虞愚墨蹟》，厦門大學出版社二〇〇九年版的第一頁有此詩墨蹟，落款為『儆民姑丈二正，山陰虞愚錄舊作』。

辛未春日錄西湖舊詩贈詞源居士

一湖綠水一扁舟，漠漠閑雲天際浮。月掛樹梢人靜後，蘆花涼意逼新秋。

【註】錄自孫慶先生提供虞愚先生詩稿原件。辛未：一九三一年。

舊作

沾泥芳草有餘哀，處士高風入夢回。白鶴不歸山寂寂，一天風雨落殘梅。蹁躚不厭到空門，細聽前塵笑語溫。坐看蕉心情寸寸，一庭秋雨近黃昏。

【註】錄自孫慶先生提供虞愚先生詩稿原件。詩後署款『山陰虞愚錄舊作』，時間不詳。

次有感七絕元韻

適意鴛鴦信夙緣，糟糠淡薄亦齊肩。縞衣自古聊憂樂，莫怨鳩媒莫怨天。

【註】錄自孫慶先生提供虞愚先生詩稿原件。此係舊作，詩後署款為『詞源學兄一粲，虞愚稿，時年十八。正月十夜十時燈下』。

詞源先生慧卿女士結婚志喜

龍山綵綺結涼棚，遙迓紫雲百輛盈。禾嶼傳經師道立，錦江修業女功成。原郟納幣鏡臺具，媛介登車環珮鳴。金粟如來初度日，桐城琴瑟樂新盟。

【註】錄自孫慶先生提供虞愚先生詩稿原件。此係舊作，詩後署款為『山陰虞愚初稿，時年十八』。

辛未中秋與逸君訂婚

昔如吳與越，今如形與影。佛說有因緣，令人發深省。
涼風繞戶牖，秋蟲鳴窗前。思君十六稠，永夜不成眠。
我本素心人，卿亦多情者。何處訂白頭，中秋明月下。
秋月浴鷗波，長天浸洲芷。悠悠一縷情，相印江心裏。

【註】錄自民國時期厦門舊報刊。原題為『附虞德元君辛未中秋與逸君訂婚原作』。辛未，一九三一年。

歸興用杜少陵小至元韻並柬詞源一夢鶴泉壽年懺因諸詞兄政和

歲月遷流短景催，浪花雪片又重來。沖寒不覺青衫薄，擊楫甯教壯志灰。萬石驚魂飄落日，孤山入夢著新梅。愧無彩筆誇才藻，俚句吟成乞酒杯。

【註】錄自孫慶先生提供虞愚先生詩稿原件。

己巳大除夕書懷即寄詞源懺因壽年一夢鶴泉和韻

才到鷺門歲又闌，重逢親舊樂盤桓。寄身天地都為客，拼命江山枉入官。芻狗衣冠多變異，風塵家國盡艱難。殷勤聊作圍爐話，塞上男兒正苦寒。

【註】錄自孫慶先生提供虞愚先生詩稿原件。款署『維摩室主虞愚稿』。己巳：一九二九年。

和詞源兄元旦原韻

爆竹喧騰報歲更，踏歌訪客助春情。名山到處桃如錦，古刹於今木向榮。應世自無假面具，窮居猶復讀書聲。青年及早勤精進，不怕閒人問幾庚。

【註】錄自孫慶先生提供虞愚先生詩稿原件。款署『虞愚稿』。

再疊前韻

好尋歲已話三更，萬卷詩書系我情。鬱鬱柏松經歲茂，夭夭桃李向春榮。一池清水觀魚樂，半樹斜陽聽鳥聲。碌碌塵勞都不管，敦詩嗜酒學長庚。

【註】錄自孫慶先生提供虞愚先生詩稿原件。款署『山陰虞愚』。

中秋後一日許照寰先生邀予作泛月遊旋飲於襟江樓上歸而賦此以視同游肖謨肯堂稚華堯民在橋少溫諸子並簡海内外諸師友

身世茫茫與世遷，何緣今夕得同船。空餘萬里飛騰志，併入三秋寥廓天。月影長隨波上下，濤聲自占海中邊。人生乘興能多少，極目中原一髮懸。

秋心零落餘孤憤，如病河山涕淚中。暫友鯤鵬滄海上，憑誰砥柱大江東。版圖形勝今何似，邦國人才感已空。且共諸公拚一醉，狂歌當哭我能雄。

【註】錄自民國時期厦門舊報刊，署名『虞德元』。

舟行海中感賦簡石遺石卿樵生詞源春亭諸師友

親朋紛送感離陳，多少悲歡化作塵。入夜心孤燈有淚，迎舟浪細水生鱗。明知情重難爲客，自覺才多轉累人。飄泊天涯分契易，兩當一卷最傷神。

雲海茫茫愧此身，中宵獨坐百憂頻。風腥海面家千里，浪洗天心日一輪。客思濤聲相斷續，壯懷暝色共沉淪。故園好景成追憶，浪跡誰憐去國人。

【註】錄自民國時期厦門舊報刊，署名『虞德元』。陳衍（一八五六—一九三八），號石遺，福建閩侯人，近代著

名詩人。吳芾，字石卿，廈門中國畫畫家。龔植，字樵生，廈門中國畫畫家。曾詞源，福建惠安人，工詩。

寄內 旅菲舊作之一

幾回清夜共論文，握手翻然兩地分。泥我眼穿時悵望，岷江雲接鷺江雲。

如卿惜別人應少，似我多情世亦稀。記得中秋明月夜，輕舟蕩漾影依依。

無那時光急急摧，旅懷深鎖向誰開。相思欲見無由見，倩影空勞夢幾回？

殘陽脈脈水悠悠，偶別翻成百感憂。寄語卿卿須記取，斯遊蕭瑟勝前遊。

靈犀一點遠相通，迭迭雲山路幾重。誰道岷江風景好，歸心長在碧波中。

眼中何處望歸途，地熱燈昏客枕孤。輾轉更深眠不得，計程廿五得卿書。

不相思處轉相思，滿目紅塵夙志違。笑我欲歸歸不得，何時身似未來時。

客窗獨聽雨瀟瀟，坐對書城亦寂寥。猛憶卿卿何處是，此心爭似去來潮。

困蟄岷江痛不任，家山北望暮天沉。微雲慘澹彎彎月，照澈天涯遊子心。

似此生涯作麼生，客窗怕見月華明。思量借得邯鄲枕，夢到鷺門悄倚卿。

相望音信兩銷魂，僕僕征衣積淚痕。客裏相思人易老，者番心事集黃昏。

淡淡江雲薄暮生，淒涼無分話前程。馬蹄未解離情苦，時向門前得得鳴。

身世蒼涼一涕零，卿心如我我如卿。飄蓬偶似分飛雁，各把音書慰遠情。

偶從客裏起相思，況觸鄉心睡較遲。照我離情今夜月，團圓猶似定情時。

卿書一讀一淒然，分宿真成離恨天。兩地一心怨明月，累卿似我夜遲眠。

茫茫來日欲如何，曉起慵看日影高。一掬愁心無處寄，為卿書扇試霜毫。

【註】錄自民國時期廈門舊報刊，署名『虞德元』。

寄內 旅菲舊作之二

婚後未曾別，偏離兩月遙。此心虛夜夜，來信數朝朝。夢逐江流斷，淚同燭影消。開懷何處是，雙影慢飄飄。

瞑目懷卿際，天涯獨坐時。形留心去盡，舟滯信來遲。功利知無分，相思會有期。驚兒多坎坷，先我好扶持。

【註】錄自民國時期廈門舊報刊，署名『虞德元』。

贈陳健堂 旅菲舊作之二

江關極目莽連雲，今古人才何日分。薄醉狂歌知我困，天涯何幸得逢君。

萬丈雲霄意氣橫，旅懷無那作詩聲。岷中多少騷壇客，留待君才仔細衡。

【註】錄自民國時期廈門舊報刊，署名『虞德元』。同組詩中有『聞楊杏佛院長被刺』一首，可知這些詩可能作於一九三三年左右。

懷曾詞源

烽煙萬里水迢迢，落日中原恨未消。記得小齋風雨夜，摩挲碑帖話前朝。

【註】錄自民國時期廈門舊報刊，署名『虞德元』。

聞楊杏佛院長被刺感作時六月十九日也

海外聞公逝，江山一哭中。著書砭國活，許黨飲彈空。敵意終難問，民權思不窮。士林今寂寞，歇浦起悲風。

【註】錄自民國時期廈門舊報刊，署名『虞德元』。楊銓（一八九三—一九三三），字宏甫，號杏佛，江西清江縣

人。中國現代人權運動先驅。一九三三年六月十八日在上海被暗殺。

月夜偕陳健堂吳鐵珊遊侖黎搭感作

夜半沉沉百感生，繞行草野月初升。天涯一例同飄泊，來聽灘邊浪激聲。

【註】錄自民國時期厦門舊報刊，署名『虞德元』。

展叔母羅玉如女士墓

斜陽一任照山邱，墓草淒淒感不休。憶昔隔江論耶佛（昔年叔母養屙鼓浪嶼，余寄寓鷺門，曾以手畢探討耶佛兩教教義），一時和淚擁心頭。

【註】錄自民國時期厦門舊報刊，署名『虞德元』。（原自註作『手畢』，疑爲『手書』）

論書絶句

才高學博境尤宏，點畫之間辨縱橫。二百年來無此字，鋒芒神奪石門銘。康有為

運用偏鋒終不折，得心黑女亦堪尊。更難墨色依稀處，下筆盤旋若樹根。曾熙

古篆真堪張一軍，筆端磅礴氣如雲。西池而後音塵絕，窮老蒼茫石鼓文。吴昌碩

疎密横斜誰得似，脩脩風度絕人煙。年來最愛飄然筆，一覩于書已欲仙。于右任

内學已堪誇一代，即論書法亦恢奇。糅摻漢魏周秦法，絕似嵩高靈廟碑。歐陽漸

【註】錄自民國時期厦門舊報刊，署名『虞德元』。其中《康有為》一首在《虛白樓詩》刻本題為『題康南海楹帖』。

郊行

歸夢依山遠，風高我獨行。殘墳迷姓氏，哀雁訴鄉情。日向林間沒，草從足底生。家山不可望，斷續暮砧聲。

【註】錄自民國時期厦門舊報刊，署名『虞德元』。

寫懷

頻年伏櫪阻長征，駑馬低眉不一鳴。人到逢時多綺語，山因當路自增名。掀天濁浪

淘秋氣，拔地蒼松作壯聲。獨上江關高處望，中原無主哭延平。

誰說蒼天在上頭，獨憑傲骨抗高秋。衆生鹿鹿何時覺？大地茫茫萬古愁。俯聽鐘聲通上界，遥看塔影峙中流。河山未許強鄰奪，百遍西臺唱不休。

【註】録自民國時期厦門舊報刊，署名『虞愚德元』。

寄梅廬主人

天涯搔首感風塵，文字因緣意倍親。老我年華尋好夢，讀卿詩句暗傷神。大材豈悔埋蒼莽，困蟄何嘗是落淪。多謝乾坤勿相妒，長教韻事付詞人。

【註】録自民國時期厦門舊報刊，署名『虞愚德元』。

贈曾詞源

落花南窗響，西風此夜過。傷懷俱有淚，飄泊不能歌。世上真交盡，風塵白眼多。相逢亟問訊，詩思近何如？

【註】録自民國時期厦門舊報刊，署名『虞德元』。

偕陳憲和郊行感賦

原野秋無際，天空雲自飛。暮笳催客思，落日逼人歸。塞雁沙中沒，高堂信到稀。相攜待明月，露重透寒衣。

【註】錄自民國時期厦門舊報刊，署名『虞德元』。

南普陀雜詠

片石滯山中，風來吼不動。怕受三界煎，逃入蓮花洞。蓮花洞

淙淙寫我心，湛湛清且美。誰識此池中，長流八德水。阿耨達池

天地猶橐籥，出處如羈旅。何地可成心，是阿蘭若處。阿蘭若處

有樹可庥風，有泉可瀹煮。此國真極樂，何用西方去？須摩提國

青山亦好藏，環繞自成位。藉問倦遊人，誰知普照寺？普照寺

【註】錄自《南普陀寺志》，上海辭書出版社二〇一一年版。

南普陀題壁次太虛大師原韻

鷺江浩瀚復何極，萬頃驚濤撼佛廬。風嘯北關古天塹，雲封太武舊仙都。鐘聲洗斷英雄淚，樹隙描成村落圖。無數暮煙懷古意，高吟直喚海天蘇。

【註】錄自《南普陀寺志》。今刻石在寺後巖石上，名款題『山陰虞愚』。

太虛臺（民國二十年李基鴻所建以紀念太虛大師者）

地接諸天近，臺高萬象空。濤音漁火外，雲影佛光中。渺渺微塵相，恢恢濟世功（師年來弘法宇內轉移世道與有力焉）。人間多難日，獨立意忡忡。

【註】錄自《南普陀寺志》。今註釋部分根據一九三三年寄塵與虞愚合編之《廈門南普陀寺志》舊刊本補入。

喜至廈門

逝景車塵迸一哀，河山無恙我重來。煙籠塔影銜晴出，袖拂嵐光倚檻才。海色蒼蒼圍卅里，天風颯颯起孤臺。照波鷗鷺還相識，乞取江湖放浪才。

【註】錄自《廈門軼事》，廈門大學出版社二〇〇四年版。

二月十一晴步江岸

一望能銷萬斛塵，飛濤卷雪雜吟呻。垂垂日脚孤蓬下，弄影江頭覺有人。

【註】錄自《厦門軼事》。

登玉屏山展十年前所書翳海二字愴然有作

千秋留此摩崖石，海色天風夕照中。劫後蒼茫來一顧，墨痕猶欲濕鴻濛。

【註】錄自《厦門軼事》。

同楊紹丞羅稚華登玉屏山紹丞以詩索和次韻酬之

歷劫江山草不黄，小溪風過水能香。軒眉籠眼關哀樂，鷗鷺晴波相與長。
斂手看天日又斜，莘荑微綻兩三花。穿林暮鼓和鈴語，一點春光大士家（山下有佛寺）。
清明依舊百花開，初伴幽人踏嫩苔。淺碧深紅爭自獻，何須更戀北州梅。
天風拂拂海濤寬，列岫攢峯盡可觀。大字摩崖雜嗚咽，芟夷荊棘待誰看。

【註】錄自《厦門軼事》。

次韻酬潘國渠見贈

觸手琳瑯別有春，神通遊戲九垓塵。嗟予去住兩無計，憐子煙波共一身。晦跡自甘禪處虱，危心漫擬袂傷鱗。蟠胸干莫終騰躍，飛出高吟動海濱。

【註】錄自劉培育主編：《虞愚文集》第三卷《詩詞》，甘肅人民出版社一九九六年版，第一三一四頁。第五句作『晦計自甘禪處虱』，『晦計』當是『晦跡』。潘受（一九一一—一九九九），原名潘國渠，福建南安人，一九三〇年南渡，為新加坡著名詩人和書法家。

二十世紀五十年代

丙申春節廈門市各界為慶祝社會主義高潮執紅旗鮮花參加遊行者達四萬餘人真曠古未有之盛況也喜而有作

景物長衢色色妍，元春歡慶最今年。五星旗影紅搖夜，卅里歌聲響徹天。且喜人民為美政，同看史頁入新篇。光明遠景原無限，夢破鴻蒙日月懸。

【註】錄自何丙仲的虞愚先生詩詞抄件。丙申：一九五六年。

參觀廈門集美二海堤歌有序

丙申五月九日，海堤工程指揮部邀施緝亭、黃雁秋、周永權、曾詞源與愚參觀廈門、集美二海堤，並備午膳招待。詞源紀以十絕句，余亦次其韻。

滄海化為新大道，觀成萬口詫神奇。一勞能造千秋福，珍重來茲共護持。

東陌西疇萬綠生，輕車攬勝故徐行。光輝地志開新頁，合有詩篇頌厥成。

長堤橫斷魚龍窟，下走狂濤上駐車。一角海天連騁望，海天心眼共無涯。

往事何須感逝波，昔賢戎馬此經過。風雲故壘猶磐礴，光價彌天不可磨（廈門集美海堤紀念碑附近有鄭延平故壘）。

重重綠樹望中深，童解山歌鳥解吟。今日鯤身般解放，狂呼欲奪海潮音。

暖風麗日雜花開，山翠波光潑眼來。聞喚登舟還戀戀，杏林堤上小徘徊。

傾談已足快平生，林鳥聲傳信有情。坐對瓶花摩酒盞，食單強半取腥鯖。

海日蒼茫水拍堤，胸中浩氣與之齊。八閩無此新形勢，又向鼇園覓舊題（集美鼇園中愚題句頗多）。

夕陽蒼莽促回車，石罅風光眺望賒。三五人家時隱見，半緣樹蔽半雲遮。

縱眸飽看去來潮，廈集驅車路匪遙。燈火參差村遠近，歸途不覺已侵宵。

【註】錄自《虞愚文集》第三卷第一二四五至一二四六頁。據何丙仲的虞愚先生詩詞抄件，第三首之第三句

作『一角海天遙騁望』，第八首之第三句作『八閩無此新形勝』。

子鋆居士五十又五生日

樓居縱目思無涯，碧乳浮香溢齒牙。異代長懷上池水，千杯都是趙州茶。商量舊學情毋倦，偶寫新詩氣自華。鍵戶別尋消遣法，欣看萬紙舞龍蛇。

【註】錄自虞愚先生題贈黃子鋆先生之詩箋作品。該作品現由黃先生哲嗣黃永瑛先生珍藏。

詠紅豆

翠壑丹巖絕代姿，拂雲映日兩三枝。無端偶得相思子，月冷風清欲遺誰？

【註】錄自漳州市薌城區文學藝術聯合會編：《漳州近現代詩詞選》，作家出版社二〇〇五年版，第二〇二頁。二十世紀五十年代中，龍海王鳳池先生以紅豆向虞愚先生等名家徵詩，編印為《紅豆詠集》。

九日南普陀寺小集

旋磨乾坤等一勞，可堪節物入蕭騷。戰秋落木聲聲瘦，橫海飛鴻點點高。天放名山容我輩，手攜大句壓驚濤。逢辰作健堅前諾，恐有新霜識鬢毛。

【註】錄自《虞愚文集》第三卷第一二四一頁。據虞愚先生抄詩原稿，其題為『登五老峯』，第七句作『逢辰作健堅前約』，末句作『賴有新霜識鬢毛』。

厦門市政協老年人士文娱室成立洪梅生以四絕句屬和次韻酬之

旭日能回穀底春，光明照徹大千塵。遙知矍鑠歡觴詠，歷劫還為自在身。

昌期遭際可無愁，野外平蕪接綠疇。爭取和平吾輩事，好憑身手遏橫流。

朱霞爭共獲吟壇，島嶼微籠海氣寒。一室莊嚴耆老會，評詩讀畫各加餐。

萬里都門效一鳴，梅翁珍重寄詩聲。鄉心直上江湖上，夢底猶斜白鷺橫。

【註】錄自《虞愚文集》第三卷第一二三一頁。第一首末句作『屢劫』，當是『歷劫』。洪子暉（一八九七—一九八〇），號梅生，福建同安人，居鼓浪嶼，歸僑詩人。

賀林華學弟新婚

雲水連鶼鰈，梧桐集鳳凰。好攜天上月，來照手中觴。燭影紅搖夜，花枝暖孕香。神州方躍進，振翮看高潮。

【註】錄自林華《山海情》一文，載《述學昌詩翰墨香——紀念虞愚先生》，厦門大學出版社二〇〇九年版。原文無詩題，此題為整理者所擬。

二十世紀六十年代

得厦門洪梅生曾詞源見懷詩還答

七載相望意自深，晚涼蟬吹半消沉。固知時節如流水，竟為來詩一動心。碧海滄波遥可接，故山舊雨感難任。（謂滄舲繡伊相繼謝世）壯懷未盡中年後，叉手宣南費獨吟。

【註】錄自《虞愚文集》第三卷第一三一四頁。

中秋夕同觀如北海看月

佳節宵遊一破顏，穿林高塔更相攀。空懷天下同憂樂，剩有詩人數往還。月影流襟歌水調，烽煙入夢念家山。何當共擊中流楫，莫遣韶光負等閒。

【註】錄自《虞愚文集》第三卷第一二四二頁。其詩題作『中秋夕同觀如此海看月』，『此海』誤，當是『北海』。末句作『負寺閑』，『寺閑』誤，當是『等閒』。

玄奘法師逝世一千三百週年紀念

杖策孤征出國門，冥搜三藏見根源。手捫葱嶺天應近，目擊恒河道益尊。西域記傳十二卷，會宗論辟一家言。摩挲槧本堂堂在，不廢江河日夜喧。

【註】錄自陳兼與《荷堂詩話》，福建美術出版社一九九六年版，第四八頁。玄奘法師逝世一千三百週年紀念大會於一九六四年六月二十七日在北京舉行。《虞愚文集》第三卷第一二七一頁也輯錄此詩，題為『今歲（一九六四年）夏曆二月初五日為玄奘法師逝世一千三百週年，愚既撰文論其在文化上之貢獻，更綴長句以誌景仰』。第二句作『冥搜三藏見真垣』，第四句作『面皺恒河道自尊』，末兩句作『戒賢衣鉢堂堂在，勝諦難窮媿鈍根』。今依《荷堂詩話》。

建國十五週年天安門觀禮臺前作

上心世界無窮事，開國中華十五年。大地歌聲動寥廓，五星旗影帶山川。震宜淺懦風雷吼，破已鴻濛日月懸。萬丈光芒總路線，沖天幹勁史無前。

【註】錄自虞愚先生題贈何丙仲之墨蹟原稿。時一九六四年。

中秋節法源寺看月

笑攜萬古中秋月，來向莊嚴古寺看。綴露黄花猶皎潔，帶星傑閣自高寒。清光炯照心源澈，短夢微憐履跡殘。賴有丁香慰岑寂，鐘聲蟲語落欄干。

【註】錄自《虞愚文集》第三卷第一二四二頁。其題爲『中秋夕法源寺看月』，第六句作『履延殘』，當是『履跡殘』；第七句作『慰岑寐』，當是『慰岑寂』。今據虞愚先生贈何丙仲的墨蹟原稿改正。

高觀如見寄二絕句報以此詩

京華豈料重攜手，六載空懸一往心。茗飲市樓承咳唾，雲垂平野雜晴陰。旋知内學人難及，偶寫新詩意轉深。便欲陶然亭再到，蘆根泉脈共幽尋。

【註】錄自《虞愚文集》第三卷第一三一九頁。

喜我國第一顆原子彈爆炸成功感賦兼示丙仲

一聲彈響驚天下，佳訊傳來喜欲狂。更為和平開道路，豈惟戮力固苞桑。尖端科學終能握，革命人民不可量。拉美亞非同鼓舞，聲明字字吐光芒。

【註】錄自虞愚先生題贈何丙仲之墨蹟原稿。時一九六四年。

贈梅生

雪飄京國曾相對，日暖鷺門喜再逢。綠蟻盈樽開壽域，紅旗如海起春風。詩尋萬物陶甄裏，道在先生實踐中。安用養生求四印，瞳矓快睹日生東。

【註】錄自《虞愚文集》第三卷第一二八八頁。據孫慶先生提供虞愚先生手稿，該詩題為『庚戌元月梅生詞丈八十生日壽言交誼以祝之錄呈粲正』，詩云：『雪飄京國曾相對，春滿鷺江喜再逢。南北相望思不盡，江山信美看無窮。神遊萬物陶甄外，詩在先生杖履中。安用養生求四印，瞳矓快睹日方東。』庚戌：一九七〇年。

挽朱保訓教授

篋床文几依然在，誰信先生骨已灰。樓上招魂如見影，像前冥想更增哀。只憑學術參新政（先生在厦門大學任教時被邀為福建省政協特邀代表），端為山川惜此才。正是一年將盡夜，呼燈忍取和詩開。

【註】錄自《虞愚文集》第三卷第一二六三頁，第三句作『樓上招魂如見潁』，當是『樓上招魂如見影』。朱保訓，著名金融學家，厦門大學教授。

雨中與王達五同至沙灘中國美術館參觀北京美術展覽適逢閉幕旋赴琉璃廠中國書店購置漢碑又值整理内部兩皆落空殊惘惘也達五以詩記之余亦繼作

漠漠雲陰簇此城，九衢秋氣感崢嶸。買碑未遂今朝願，愛畫徒深一往情。撼夢狂飆天際落，沖寒弱羽雨中行。不愁薄暮衣猶濕，正要群龍洗甲兵。

【註】錄自《虞愚文集》第三卷第一二九一頁。

王達五屬題藍文林東溫泉圖

垣屋參差綠樹邊，東巴處處是溫泉。勞人對此寧無戀，燈下摩挲一粲然。

【註】錄自《虞愚文集》第三卷第一三四四頁。首句作『綠樹旁』，依韻當是『綠樹邊』。

謝王達五惠太平花並序

花出劍南，天聖中獻至京師，仁宗名之曰太平花。陸放翁有『宵旰至今勞聖主，淚痕空對太平花』絕句詠其事。

不向芳菲獨歎嗟，與君笑試武夷茶。千包駢萃初成朵，四出如桃又放花。乳燕啼鶯慰岑寂，春風曉日照橫斜。晦明身外知多少，短髮颼颼閱歲華。

百年回首一長嗟，邂逅詩人共晚茶。舉世應歸無產者，此生及見太平花。東風壓倒西風急，花影長隨月影斜。肝膽清香俱可念，移家差喜到京華。（此首專言太平花之特點以和之）

【註】第一首錄自《虞愚文集》第三卷第一三四四頁。《虞愚墨蹟》第五一頁也錄此詩，題為『謝達五大兄惠太平花』，其小序自『絕句詠其事』之後，增加『而愚則以為此花象徵社會主義，其意義固截然不同也』幾字，第五句『乳燕啼鶯』作『乳燕啼鳩』，末句『短髮颼颼』作『短鬢蕭疎』。第二首錄自《虞愚墨蹟》第五〇至五一頁。

登陶然亭三疊前韻

江亭曠覽解吁嗟，先置清樽後飲茶。垂柳光陰初罷絮，飛鷹毛羽欲成花。勿嫌驟雨霏般過，遠映西山絲樣斜。勝概直應歌不盡，題詩唯我乏芳華。

【註】錄自《虞愚墨蹟》第五二頁。《虞愚文集》第三卷第一二四四頁也錄此詩，題為『登陶然亭』，其第二句作『不置清樽便煮茶』。

前作意有未盡再和一律錄似達五大兄高評

側身西望令人嗟，排悶新嘗顧渚茶。靜院春風傳捷報，清宵酒醆照燈花。閉門索句天機熟，浹墨稀行秋雁斜。但願胸中浩氣在，不須修短問年華。

【註】錄自《虞愚墨蹟》第五五頁。《虞愚文集》第三卷第一二四三頁錄此詩，題為『書感』，第七句『浩氣』作『豪氣』。

一九三九年避寇渝州金剛坡上追憶寫此仍次前韻

蟲沙猿鶴共悲嗟，猛憶山坡咽苦茶。蕩寇孤勳銘戰骨，哀時何意戀江花。危邦誰信身將虜，浩劫終憐日已斜。抗戰八年今不負，神州日月盡光華。

【註】錄自《虞愚墨蹟》第五四頁。《虞愚文集》第三卷第一二四四頁也錄此詩，第三句作『蕩寇有文伸正義』，自註云：『一九三八年愚曾撰《抗戰時期文學應負的使命》一文，在宗白華教授主編的《時事新報》「學燈」副刊上露佈。』第五句作『獨行誰省心如搗』，末句作『神州日月見光華』。

達五大兄以所作詩稿見眎奉報一律仍用前韻

新詩一讀足驚嗟，俊味回腸勝煮茶。浪許世南酬大雅，每思摩詰對名花。雲開孤月三星沒，目斷空庭一徑斜。莫效美人歎遲暮，山川此日惜才華。

【註】錄自《虞愚墨蹟》第五三頁。《虞愚文集》第三卷第一三二〇頁也錄此詩，第二句『煮茶』作『飲茶』。

春華七次前韻

回看青史發諮嗟，且盡東坡七盞茶（東坡遊諸佛舍，一日飲釅茶七盞）。獨喜疎疎一窗雨，頓開豔豔滿枝花。冥鴻振翮摩雲起，高柳迎風拂岸斜。萬古新陳莽相代，雪霜多後又春華。

【註】錄自《虞愚文集》第三卷第一二四四頁。

敬念魯迅先生即用其慣於長夜一詩之韻 二首

健筆縱橫憶昔時，百年國事感棼絲。彷徨獨作擎天柱，吶喊頻麾反帝旗。鉅著波瀾開左翼，孤燈肝膽照新詩。橫眉氣直千夫靡，落落乾坤一布衣。

文壇戰績記當時，萬感紛紜寄語絲。直振群生新鼓吹，敢搴偽學舊旌旗。奔流前哨同摧敵，野草朝花自寫詩。永憶淞濱燈裏別，江濤點鬢露霑衣。

【註】錄自何丙仲的虞愚先生詩詞抄件。《虞愚文集》第三卷第一三一八頁錄此詩，題為『敬念魯迅先生即用其《為了忘卻的紀念》文中一詩原韻』。第一首第二句之『感棼絲』，作『感夢絲』。第二首起句之『文壇』，作『義壇』；第二句『紛紜』，作『紛綸』；第三句『直振』，作『直震』。

同浮生教授中山公園看牡丹至則牡丹已凋謝殆半矣悵然有作

看花已負好花期，殘萼斕斑付與誰？開落同驚一枕夢，悲歡各寫數章詩。剩償客裏清遊願，難遏風前絕豔思。門外回車塵十丈，不妨倚檻坐移時。

【註】錄自《虞愚文集》第三卷第一二四六頁，第四句落一『寫』字。第五句『客裏』作『客衷』。

譯《正理一滴論》訖喜而有述

短論重繙睡未能，槎枒肝肺對寒燈。千秋邏輯開生面，敬禮彌天一法稱。

【註】錄自《虞愚文集》第三卷第一三四三頁。《虞愚墨蹟》第七三頁也輯錄此詩，第二句作『幾擘肝肺對寒燈』，末句作『頂禮彌天釋法稱』。

二十世紀七十年代

鄭質盦返閩索詩賦贈

冀北同聽雁，南歸讓汝先。樽開無月夜，笳動欲霜天。只覺情相得，休論路幾千。明時須共勉，日照海雲邊。

【註】錄自《虞愚文集》第三卷第一二九七頁。

奉寄熊潛剛以代別

燕市初逢共一樽，依依形影鏡中存。幾經世變人猶健，自養天倪道已尊。但憾掉頭難久住，未遑把臂與深論。人間知己寥寥耳，大處相期立腳跟。

【註】錄自《虞愚文集》第三卷第一二九七頁。

崇治惠仙人掌並辱新篇勉報一律

十年都講值還鄉，後起興觀屬望長。難得揚帆能過我，何曾棄學始從商。偶耽吟詠承家法，薄澣衣裳聽典常（君從事洗染行業）。花木先施新眼目，一樽我欲謝陶唐。

【註】錄自何丙仲的虞愚先生詩詞抄件。時一九七〇年。

延平公園

十載京塵只漫勞，歸來登覽興方豪。遠帆落日天無盡，獨立橋東聽海濤。

【註】錄自《虞愚文集》第三卷第一二四二頁。

書感並簡燦之教授

綿麗江山合有詩，煌煌斗柄照紅旗。天開地辟逢千載，漢武唐宗彼一時。顧我滿懷同改造，知君不至更遲疑。爭教解放全人類，稽首彌天馬克思。

【註】虞愚先生抄贈何丙仲之原稿，刊載於《虞愚墨蹟》第七一頁。萬燦（一九〇一——一九七三），字燦之，湖北鄂州人，廈門大學經濟系、外文系教授。

丙仲見贈紅玫瑰寫此報之

惠我紅玫瑰，如君有幾人？一花開爛漫，新葉見精神。自媚空階夜，能回大地春。海天欣晤對，相賞莫辭頻。

【註】錄自虞愚先生題贈何丙仲之詩稿墨蹟。時一九七二年。

丙仲見贈新詩勉成論詩一律報之

代謝新陳未有涯，能嫻矛盾可言詩。常憂微意無人會，不道南天見此奇。聲律細時方妥帖，靈魂深處要無私。為誰而作真當勉，正是防修反帝時。

【註】錄自虞愚先生題贈何丙仲之詩稿墨蹟。時一九七三年。

十一月十三日許宣平詞丈招飲其令婿飄萍關長寓樓賦此報謝

南窗雨過喚晴鳩，勝地樽開島上樓。小聚海壖成二老，長持詩筆掃千尤。薦盤□□兼鄉味，涼鬢簷風入醉謳。為我洗塵為公壽，花前且借一杯浮。

【註】錄自《虞愚文集》第三卷第一二九九頁，起句作『南總雨過』，當是『南窗雨過』；第五句作『薦盤誰來兼鄉味』，『誰來』兩字於內容和平仄顯然不符。

輓南京萬燦之教授

閩變風雲彼一時（一九三三年燦之曾任福建人民政府秘書長），暮年剩有筆枝枝。德文漢語都嫻後，歌德青蓮一論之（燦之有文論歌德與李白作品，謂德國人民愛好李詩，有甚於歌德者）。不道肺癌成奪汝，方推強健是吾師。哀歌不盡平生意，空想昂藏萬里姿。

酒酣握手今無復，卅載迴思只故情。草草杯盤記除夜，迢迢横舍聽潮聲。新知舊學同商略，岱嶽鴻毛孰重輕。胸有千秋長已矣，可堪重至石頭城。

【註】錄自何丙仲的虞愚先生詩詞抄件，原作兩首，《虞愚文集》第三卷第一二六二頁錄其第二首。萬燦先生於一九七三年九月二十九日在南京逝世。

十月二十八日又至北京

宣南已是三年别，留命重來喜可知。大國足稽天下士，長城或待北山詩。天回地轉開奇局，雷動風行值盛時。從此不憂貙虎亂，五洲四海認紅旗。

【註】錄自《虞愚文集》第三卷第一二四三頁。《虞愚墨蹟》第六〇頁、漳州松雲書畫院藏《虞愚書法作品集》（内部資料刊本，下簡稱《虞愚書法作品集》）第九頁均有此詩。

又一首

忽忽忘年邁，悠悠道路長。撫時三歎息，索句九回腸。鴉雀無言暮，風沙徹骨涼。此身南復北，仿佛到家鄉。

【註】錄自《虞愚文集》第三卷第一二四三頁。是以『十月二十八日又至北京』為題的另一首詩。

次韻謝唐崇治見寄

晴窗霜月映花枝，疎影繁香動遠思。寒夜沉沉人不寐，孤雲漠漠意俱遲。最憐杯斝同談藝，如此江山好賦詩。伸紙揮毫真足樂，何妨餘事一臨池。

【註】錄自《虞愚文集》第三卷第一三一七頁、《虞愚書法作品集》第八頁均有此詩。

讀周副主席在中國共產黨第十次全國代表大會上的報告喜作

報告光芒照四海，美蘇爭霸論危機。西風蕭瑟得安托，北斗高懸倍可依。舉國批修開偉觀，百年反帝凜餘威。重重勝利歸吾黨，馬列如天孰可違。

【註】錄自何丙仲的虞愚先生詩詞抄件。中國共產黨第十次全國代表大會於一九七三年八月二十四至二十八日在北京召開。

讀陳簡齋詩兼呈高觀如

簡齋卅卷詩，摩挲日已久。每觀陳翁序，讚歎不絕口。平生何多能，處處見高手。無住詞已工，詩更出其右。學杜得精神，庭堅殆非偶。身世與杜同，麻鞋幾奔走。金兵入寇來，悲風滿榆柳。陸沉事益急，豺虎出前後。輾轉到臨安，一官涕淚授。將相思廉藺（簡齋南走初期有『只今將相須廉藺，五月荊門未解圍』之句），伸紙肝為剖。外患日以深，朝廷亂群醜。無策可平戎，伊洛驚回首。青墩看牡丹，誰解平生負。今人尚李白，抑杜施攻掊。杜詩彼所輕，學陳更何有？詩人高達夫，友好惜衰朽。惠我簡齋詩，拳拳意自厚。京華喜再逢，肝膽照杯酒。攬勝陶然亭，俊句粲星斗。淵居翹勝情，耕道若農耦。

【註】錄自《虞愚文集》第三卷第一二九四至一二九五頁。

輓漆鑄成

巴山忍憶繩床對，冀北翻悲子舍空。避寇常吟工部句，學書及振率更風。當回反蔣真非易，晚歲論詩許與同。迻譯千年日本史，擿辭達雅見新功。

【註】錄自《虞愚文集》第三卷第一二六三頁。

紀堂師在寧病逝哭以此詩

一瞑成千古，江天數往還。哀聲傳海外，教澤在人間。親炙今何及，高風夢與攀。北歸生亦老，飛淚望鍾山。

【註】錄自《虞愚文集》第三卷第一二六三頁。

寄懷曾詞源廈門

天南地北吾仍健，酒後燈前汝奈何？萬里書疑隨雁足，經年夢□戀鷗波。探幽攬勝今應罕，念亂傷離往已多。照海光芒遙可接，屋樑新月落庭柯。

【註】錄自《虞愚文集》第三卷第一二九〇頁，第四句『經年夢南戀鷗波』，『南』字於詞意與聲韻皆不合，故以□代之。

寄懷立人詞兄

背人閩嶠重重去，掛夢濤聲夜夜喧。世難如山君亦老，籬花無恙我猶存。階前月色低徊久，別後心情反復論。多謝雪峯茶味永，一甌已覺肺腸溫。

【註】錄自《虞愚墨蹟》第一〇頁。《虞愚文集》第三卷第一二九〇頁亦錄此詩，題為『寄懷楊主福州』，似有缺字，且第四句作『離花無恙我猶存』，『離』字誤。今俱依《虞愚墨蹟》。

寄懷郎棟兼謝其惠正溪茶

尺素南來倍覺親，可堪摩眼向風塵。十年家國無窮事，萬里關河見在身。歸夢欲呼滄海月，客心飽受正溪春。相從談藝知何日？歷歷肝腸久更新。

【註】録自《虞愚文集》第三卷第一二九〇頁。

生朝

久已忘吾降，休論斗與辰。究心談宙合，搔首抗風塵。夢裏梅花影，尊前明月身。詩心猶未泯，誰省閉門人？

【註】録自《虞愚文集》第三卷第一二四八頁，第五句作「夢哀梅花影」，當是「夢裏梅花影」。

山田惠諦團長神原玄祐副團長率領日中友好天臺訪華團全體成員蒞京將赴浙江天臺山朝拜詩以迓之

彌天願力今猶昔，振翮穿雲接踵來。茗坐秋光溫杖舄，石壇花影護尊罍。唱酬往哲高風在，朝拜天臺萬壑陪。宗義三文歸一念，梅香櫻麗待春回。

【註】錄自《虞愚文集》第三卷第一二九六頁。一九七四年日本天臺宗訪華團訪問中國。

新河賢兄挈眷移居香港以助父業索贈句報以此作

風華正茂氣方振，綿麗閩山有若人。高廟上樑傳海表，殘碑補字燭星辰。運籌已熟天能勝，下榻回思意最真。解辦圖南成遠計，香江喜見一家春。

【註】錄自《虞愚書法作品集》第四〇頁之《北山樓近稿》。原詩下註云：『君斥資傾全力重修石井鄭成功紀念館，並在海壖完補「視師」二大字，故有領聯。又治數學，於運籌法亦有所發明，故有第五句。』

唐崇治寄水仙花賦二絕為報

騷魂嫋嫋護根芽，香遍唐虞南北家。不向海濱問梅訊，雪中快對水仙花。

為分泉水養新芽，一段清香夜繞家。感子寄花敦友誼，固知友誼重於花。

【註】錄自《虞愚文集》第三卷第一二九二頁。第一首第二句作『香徧』，當是『香遍』。

唐崇治惠寄水仙花欣然寫此以報

水仙花是君家物，急送宣南愧賦才。薄醉卻寒搖翠袂，低吟弄影粲金罍。襪塵一點淩波去，爐火微溫入座來。南北相望今不負，冷馨孤發待春回。

【註】錄自《虞愚自寫詩卷》，厦門大學出版社一九八九年版（下稱《虞愚自寫詩卷》）。《虞愚文集》第三卷第一二九二頁亦錄此詩。唯第四句作『餐金杯』，第七句作『長不負』，第八句作『冷香』，俱依《虞愚自寫詩卷》改正。

次韻謝陳邇冬先生和余答崇治惠水仙詩韻

涪翁詠水仙花有『山礬是弟梅是兄』之句，自宋以來莫之敢攖。邇冬先生和余謝崇治惠水仙一詩，不依涪翁品第，以『蘭號為仲梅號伯，季也白眉信美才』，並以此花雄性化，不涉及洛神賦，側重寫洛神賦作者曹植，可謂勇於創新別開生面者矣。遂喜，再次前韻以謝之。

不持北宋涪翁說，對峙梅蘭敢角才。越世詩篇新眼目，隔年花影照尊罍。未成吾道其難去，終見騷魂又北來。滅盡虛空悲願在，風光直取好春回。

【註】錄自《虞愚文集》第三卷第一三二三頁，原詩題即用詩前小序。今詩題係整理者代擬，原詩題則為小序。

[附] 陳兼與和詩

讀北山翁與陳邇冬先生水仙唱和之作邇冬詩中有『陳王雪髯涉川回』一語喜亦次其韻一首

能言羅襪微波步，誰是陳王八斗才？仙骨卻教鎖廉幙，詩魂儼欲出瓶罍。梅礬以外芳華盛，伯仲之間品第來。對案寄香翻惱我，呼燈不惜看千回。

【註】錄自《虞愚文集》第三卷第一二九二頁，詩題作『陳邇參先生』，『冬』誤作『參』，『邇冬詩中』誤作『適參詩中』。

趙樸初以西南行雜詩五十五首見寄賦二小詩為報

策杖觀光遠弗辭，豪情猶似少年時。更歌地覆天翻事，成就西南一卷詩。

滇池蜀水不勝情，滿載詩人紀此行。振翮九天雲萬里，東方紅處起吟聲。

【註】錄自《虞愚墨蹟》第六四頁。趙樸初《西南行雜詩》五十五首作於一九七五年，初以三十二開油印本分贈朋好。

病起同郎棟登頤和園佛香閣

三年負卻登臨眼，病起今為放浪行。亭閣層層干氣象，林巒曖曖雜陰晴。欄邊偶坐同留影，花底清歌有笑聲。到此何須論賓主，但收風物釀詩情。

【註】錄自《虞愚文集》第三卷第一二四九頁。

春日獨坐懷故山

幾回島嶼憶春臨，兩岸人家翠色侵。法曲妙於嶠南曲，潮音勝彼世間音。雲開遠海千帆出，風落巉岩萬木深。踏破九州吾亦老，夢痕境繫好園林。

【註】錄自《虞愚文集》第三卷第一二四九頁，第四句作『此間音』，誤，當是『世間音』。

與郎棟遊天壇前合影

留待他年反復看，崢嶸眉宇照天壇。人間離合知何限？但願從君保歲寒。

【註】錄自《虞愚文集》第三卷第一二四九頁。

再用前韻寫元日餘興兼簡崇治杜蘅二賢弟

萬物昭蘇一氣吹，不疑春氣到門遲。坐間花色親孤鬢，牆外丁香發故枝。為記歲時仍把酒，能嫻矛盾可言詩。東風壓倒西風日，莫遣閒愁上兩眉。

【註】錄自《虞愚墨蹟》第五七頁。

乙卯元宵前一日陳翰笙偕王達五枉顧感之作詩

碾夢車音老卻人，屋廬經雨少埃塵。庭前飛鵲爭迎客，座上談詩勝飲醇。中外聲名雙譯筆（翰老精通中英文字），退休歲月一吟身（達五工詩，近獲退休）。京華晚遇緣非淺，小待梅開看好春。

【註】錄自《虞愚文集》第三卷第一二九三頁。乙卯：一九七五年。

一月十九日收聽中華人民共和國憲法廣播喜作

盛會輝初日，紅旗耀五星。筆誅帝修反，人合老中青。大法何精粹，寰球見典型。燈花亦隨喜，吾欲徹宵聽。

【註】錄自《虞愚書法作品集》第三一頁。此當即一九七五年一月十七日全國人大第四屆一次會議通過的中華人民共和國憲法，簡稱『七五憲法』。

月夜漫書寄懷陳慧卿兼謝惠桂圓與咖啡

屋廬今夜不勝清，雨歇窗櫺漏月明。茶素桂圓良有味，冰天漲海若為情。夢中鷺影三年別，嶺上燕雲萬里程。何日故山承咳唾，一樓燈火話平生。

【註】錄自《虞愚文集》第三卷第一二九三頁。第二句作『雨歇窗欞』，當是『雨歇窗櫺』。

寄懷何祜先

橫舍同風雨，如今孰與親？且攜心上影，來對眼中人。大亂詩能破，多聞子不貧。紅旗輝寤寐，珍重百年身。

【註】錄自《虞愚文集》第三卷第一二九三頁。

林杜蘅以新作《鷹厦線所見》山水一幀見寄賦此為報

崒雲筆底起崔巍，頓覺家山入眼來。浪走塵沙終念返，歸程冥想路千回。

【註】錄自《虞愚文集》第三卷第一二九六頁。《虞愚墨蹟》第五八頁錄此詩，第三句作「走浪吹沙終念返」，款跋云：「乙卯八月，杜蘅賢弟方家以新作《鷹厦線所見》山水一幀見贈，賦此為報，即希高評。北山虞愚寫於北京。」乙卯：一九七五年。林杜蘅，即林岑，厦門人，當代著名中國畫家。

敬呈毛主席

整頓乾坤隻手中，指明路線萬方同。道存馬列憑開拓，韜邁孫吳獨長雄。卻敵高瞻齊斗極，防修大力破雲空。鴻文炤世從頭讀，恢豁心胸日在東。

【註】錄自《虞愚墨蹟》第一一頁，題款為「敬呈毛主席，即請教正。乙卯（一九七五年）新秋，北山虞愚拜稿」。

乙卯五月十日高觀如招遊陶然亭記以此詩

又見清音此閣尊，擬操雙槳問蘆根。新荷照水涼無價，高柳籠堤夢有痕。斷續禽聲甦曉坐，參差樹影浴朝暾。西山一角遙相對，翠色嵐光手可捫。

【註】錄自《虞愚文集》第三卷第一二五〇頁。《虞愚自寫詩卷》亦輯錄此詩，題為『登陶然亭』。兩詩相校，《虞愚文集》所錄個別地方有誤，如『問蘆根』作『向蘆根』，『甦曉坐』作『甦茗坐』，『朝暾』作『朝墩』。今依《虞愚自寫詩卷》改正。

輓豐子愷先生

束裝石碼憶舟輕，更憶隨君作此行。倒屣相迎開講座，茲遊快慰冠平生。

摩挲楊柳記當時，痛徹心脾寫此詩。（一九七三年冬，先生臨南普陀寺，在弘一法師手植楊柳旁作漫畫志感，並題有『今日我來師已去，摩挲楊柳立多時』之句）更以護生為漫畫，囑書題句報先師。（先生為紀念其先師八十冥壽，以八十幅護生漫畫印成第五集，囑愚書寫其所擬題句）

往事依稀夢寐中，緣緣堂上起悲風。獵人筆記重迻譯，才筆盤盤自不同。

秋風蕭瑟易黃昏，燕市相逢接至言。遺稿茂陵餘絕業，堂堂自有不亡存。

馳書問訊已來遲，逝矣人間漫畫師。歷盡滄桑吾亦老，天涯握手永無期。

默坐寒齋更寂寥，每披隨筆想風標。寢門罄欬今何及？海上詩魂我欲招。

【註】錄自《虞愚文集》第三卷第一二六四頁。唯個別字疑有誤，如：第三首之『夢寂中』，當是『夢寐中』；第五首之『厲盡滄桑』，當是『歷盡滄桑』；第六首之『默坐寒齊』，當是『默坐寒齋』。豐子愷先生逝世

於一九七五年九月十五日。

愚六十六初度達五詞兄賦詩為壽次韻報謝

小飲聊過覽揆辰，餘年閑興寄松筠。詩尋秦嶺燕雲外，夢入閩山鷺水濱。三載沉痾嗟契闊，中宵杯酒惜逡巡。悠悠天地寧虛負？猶是蒼茫獨立人。

紅旗高舉論晁宋，奮筆相從批孔林。生日欲揮思母淚，秋風正動履霜吟。天翻地覆心猶醉，齒豁頭童老已駸。時有直言來助我，豈惟感激在知音。

【註】錄自《虞愚墨蹟》第六六至六七頁。《虞愚文集》第三卷第一三二〇頁亦輯錄此第一首詩。虞愚先生六十六歲生日當在一九七五年。

次韻奉酬王達五詞兄見贈

大亂方殷感此辰，獨支皮骨對霜筠。放歌欲躡西山頂，掛夢猶歸漲海濱。肝膽真成麟一角，綢繆何惜酒千巡。暮年追想當時事，同作山坡避寇人。

【註】錄自《虞愚墨蹟》第六七頁。《虞愚文集》第三卷第一三二〇頁亦輯錄此詩，起句『大亂』誤作『人

亂」，第二句『獨支皮骨』作『終懸孱影』，第四句『猶歸』誤作『猶跡』。

歲云暮矣松峯以抗日戰爭勝利後在厦門大學群賢樓前合影一幀寄贈感可知也次韻為報並簡兼與先生

信美京華可再臨，懷人忽已歲時侵。難忘橫舍同留影，不道詩為得賞音。無已才為三絕重，孤山學有一燈深。眼中二妙風流在，儻許相從話藝林。

【註】錄自《虞愚文集》第三卷第一三一六頁。

丙辰年元日作

紛紛生物息相吹，春接人間未算遲。冀北風光開偉觀，梅花消息在高枝。蕩摩運會今能覺，磅礴乾坤自寫詩。萬鵲相呼如有喜，爭紅朝日一軒眉。

【註】錄自《虞愚墨蹟》第六八頁。丙辰：一九七六年。

奉誦兼與詞長丙辰元旦漫筆次韻和酬

千里神交一載強，往還詩札味深長。北山愚虱宣南裏，勝日堂前見舉觴。
屋鄰古寺有棲烏，何日傾談接緒餘。海上雄風尊畔月，年年新景最關渠。
能分坡體羨童孫，書畫琴棋萃一門。肴胾堆盤記人日，春花圍客足溫存。
假手功名亦可慎，杜詩難學是精神。後生多被時賢惑，誰省流離句句真。
逢春草木門紛挐，亭角尋詩歲月賒。吟就章夷如雪句，又將晚圻譽黃花。（翁去章夷及菊花皆有詩見寄）
早聞陶令賦歸歟，天與兼翁寄一區。但有本根無不可，因應麗句似聯珠。
選夢閩山冷吹深，何方風物似家林。呵毫元日留清影，待得荷開重放吟。
柳梢新葉看春回，欲注長河入酒杯。嗟我與公俱老矣，不成我去望公來。
遮眼車塵鬢髮疎，思而不見卻愁予。此時天地無窮事，振筆臨風不盡書。
得來容易卻辛艱，意在蘇黃元白間。魯迅有詩可移贈，只研朱墨作春山。
千里書來如有喜，遠貽墨竹更開眉。自饒與可清新氣，未覺高才下筆遲。
論詩未敢薄三唐，製作兼承楚澤香。作健自關饒壽骨，不須乞藥向長桑。
海色波光寤寐中，明時所感略能同。背人歲月堂堂去，惟有南山一似翁。

【註】錄自《虞愚文集》第三卷第一三二一至一三二二頁。第一首末句「見峯觴」，當是「見舉觴」。第八首

『柳稍新葉』，當是『柳梢新葉』。陳聲聰（一八九七—一九八七），字兼與，號壺因，當代詞人。第三首『跛體』，當是『坡體』。陳兼與在《荷堂詩話》一書云：『予於乙卯（一九七五年）歲從松峯識君（指虞愚先生）。』

丙辰初八日同松峯再訪兼翁疊前韻

楊柳依人步當車，登樓快睹畫詩書。拈毫已覺孤光動，變法甯於古意疎。（兼翁疊韻有『猶吟變法四五筆』之句）要眇言談超象外，清涼風日似秋餘。生平能事誰能及？萬壑文巖健筆舒。（兼翁出示近臨王煙客《晴嵐暖翠》圖卷）

【註】錄自《虞愚文集》第三卷第一三二四頁。

初十日兼翁招飲寓樓琴趣有詩美之餘亦繼作仍疊車字韻

九衢浩浩乘遊車，鍵戶猶能細字書。振海風濤原浩蕩，銜晴花木自蕭疎。醍醐牛酒濃無比，醽醁梟羹美有餘。佳日一堂盛裙屐（紫宜女畫家亦在座），灑然語笑客懷舒。

【註】錄自《虞愚文集》第三卷第一三二五頁，第四句作『肅疎』，第五句作『牛沖』，牛沖不知何物，且『沖』與平仄格律不符，疑是『牛酒』。周練霞，字紫宜，上海畫院畫師。

高觀如見贈佳作欽歎不足不揆淺陋輒次元韻

萬里晴空月色臨，中宵微覺薄寒侵。終知舊學皆陳跡，獨喜新詩有嗣音。滿眼輝光天在抱，大心浩瀚海同深。猶貪半日依山坐，颯颯秋風動遠林。

藏市名園可共臨，騷腸客疾漫相侵。依然秋色澄餘□，何處溪聲演法音。北海天開明月上，西山風落白雲深。與公攬勝宣南外，水色湖光正滿林。

【註】錄自《虞愚文集》第三卷第一三一九頁。第二首第三句作『澄餘潭』，『潭』字平聲，顯然有錯，但未審何字。

高觀如寄海上兼與松峯一詩中齒及於愚愚感其意之厚也輒用臨字韻仰報嘉賜

屋廬近喜得常臨，索句渾忘溽暑侵。卻病長懷上池水（君兼擅漢醫，故有此句），論詩共賞盛唐音。神思萬古愁開闔，賢劫千燈悟淺深。稍欲從公無活句，不拘闤市與幽林。

【註】錄自《虞愚文集》第三卷第一二九五頁。

忽得松峯手札及見懷之作喜出望外走筆和酬

秋月高空仰照臨，離愁哀吹兩相侵。（崇熹、家堃相繼謝世，故有此句）未詳蹤跡勞遐想，稍慰平安報好音。振海風雷聲遠大，干霄松竹氣清深。紅旗高舉宜先及，不發空文附士林。

【註】錄自《虞愚文集》第三卷《詩詞》第一三一五頁，第二句作『雨相侵』，當是『兩相侵』；末句作『不發空又七林』，當是『不發空文』，『七林』，疑是『士林』。林巖，字松峯，福州人，居上海，工詩詞。

得松峯福州書及近作卻寄仍次前韻

多情鴻雁又飛臨，數疊秋山落照侵。冷抱孤芳成獨賞，閑吟俊句有餘音。欲除煩惱千重障，冥契真詮一往深。此意微君誰會得？共看明月出楓林。

【註】錄自《虞愚文集》第三卷第一三一六頁。

再和寄松峯上海

寒聲滿屋月斜臨，暮色全消夜色侵。每作苦吟妨美睡，休論別調少知音。平心是法無高下，體物隨人有淺深。為憶過江待雙槳，情懷猶似在家林。

寥廓晴宵片月臨，靈臺寧受客塵侵。連山儼若千層浪，碧海能傳萬古音。微尚唯君知我貴，交情無我與君深。十年登斷春波綠，杳杳飛鴻隔遠林。

【註】錄自《虞愚文集》第三卷第一二九四頁。詩題『再和』，誤作『舟和』。

奉誦兼翁見贈之作走筆和酬

風骨文章信必傳，相逢海上共欣然。快聆無住歌新闋（兼翁近作荷花生日念奴嬌詞），惜欠維摩預淨筵。（丙辰六月初六日［友］人宴兼翁於成都飯店，澹翁因病未至）槐院積陰消溽暑，萍蹤偶合是因緣。人生難得朋尊樂，況有深深文字禪。

錄自《虞愚文集》第三卷第一三一七頁。

世方先生嬰疾有年在休養中寫成梵文入門二卷又發願編寫梵文文選及辭書作詩明志並索和次韻奉酬

舍法維摩頻示疾，閉門著述見辛艱。平生學術原能信，盛世光陰不自閑。爬剔蠹痕尋墜緒，迷離燈火對孱顏。梵文八囀勤探索，卻見高峯取次攀。

【註】錄自《虞愚文集》第三卷第一三二二頁。

讀羅世方生日見懷之作次韻和酬

早知豪氣依然在，示疾仍歌攬揆辰。孤榻冥搜忘老至，敝裘坐擁擲詩新。背城野色逢春動，撼夢濤聲入夢頻。各有深情剖名理，可能虛負百年身。

【註】錄自《虞愚文集》第三卷第一三二三頁。

周恩來總理輓詞

擎天柱折耗方馳，薄海銜哀各致詞。亮節不隨時顯晦，一身直繫國安危。縱捐頂踵都無悔，共識胸襟未及私。千載高山同仰止，斯人點滴盡堪師。

【註】錄自《虞愚文集》第三卷第一二六九頁。末句『在人點滴』，當是『斯人點滴』。《虞愚墨蹟》第七二頁也輯錄此詩，詩題為『敬輓周恩來總理』，詩云：『擎天柱痛方滋，薄海交馳悼念詞。亮節不隨時顯晦，一身直繫國安危。甘為頂踵都無悔，共識胸襟未及私。誓反帝修秉遺教，憑高摩眼寇深時。』

得壺因詩次韻奉答並簡松峯

四海彌天誰與歸？論文談藝世應稀。已消塊壘知今是，且掬肝脾證昨非。水國騷魂呼欲出，芳洲春氣老無違。吾儕一往清泠意，詩筆猶堪決俗圍。

【註】錄自《虞愚文集》第三卷第一三二九頁。第七句作『清冷意』，當是『清泠意』。陳兼與所著《荷堂詩話》，福建美術出版社一九九六年版，第一八〇頁也載此詩。

晤松峯喜贈

笑我宣南客，從君黃浦灘。暫令修竹倚，欲共老杇寒。滄海區區意，生年泯泯歡。沖風兼冒雨，十日且盤桓。

【註】錄自《虞愚文集》第三卷第一二九六頁，第二句作『黃油灘』，當是『黃浦灘』。

雨中同松峯走訪澹廎兼與

十年為別何窮事，握手相看各老蒼。六月槐街人似海，一天梅雨水漲塘。庭禽早戢飛騰意，夏木時回□□光。下榻急尋詩老去，不知屐齒共淋浪。

【註】錄自《虞愚文集》第三卷第一二九七頁，詩題中『澹廎』誤作『譫廎』；第五句作『庭禽早戰』，當是『庭禽早戢』；第六句作『窗窕光』，疑有錯字。王彦行，字澹廎，上海人，工詩詞。

次韻奉和兼翁見贈四首

一尊相屬見高情，執手雄談蓋欲傾。今日騷壇要身手，賴恢詩律作長城。
調瑟更弦抑復揚，翻新一往見開張。風吹浪打尋常事，胸有深山與大洋。
冀北江南夢與攀，欲憑奇氣破衰顔。冥心千載驚人句，豈肯寒流接後山。
六月荷花已漫開，南行端為壽公來。此緣還許深深化，詩夢江湖取次回。

【註】錄自《虞愚文集》第三卷第一三三五頁。

潭石獨坐小影和琴趣韻

山光澹欲無，潭水情自足。顧予眇眇身，猶難一障伏。歸鳥方弄晴，遽然石上覺。厚意溢於詩，諸賢並獄獄。成就獨坐人，寸影得品目。

【註】錄自《虞愚文集》第三卷第一三二六頁，第二句作『漂水』，當是『潭水』；第四句作『一障優』，當是

「二障伏」；第六句作「蘧然」，當是「遽然」。陳澤鍠，又名陳權，字琴趣，上海人，工詩詞。

題陳壺因紫藤花下小照和琴趣韻

衆綠扶襟紫上眉，好裁俊句報繁枝。懸知一瞥移千劫，看取花光照影時。

【註】錄自《虞愚文集》第三卷第一三二六頁。

次韻酬琴趣見贈

流水高山何處尋？許從寂處獨求音。端知一見非容易，欲趁芳辰掬此心。

初逢已見性情真，與子杯觴亦夙因。揮汗車間歌不盡，孰知詩老是工人？

【註】錄自《虞愚文集》第三卷第一三二六頁，第二首第二句作「興子杯觴」，當是「與子杯觴」。

過豫園次韻答松峯

磊落先民跡（小刀會以豫園為會址），名園把臂臨。池中留瘦影，天半落清音。藏市車塵合，蠡魂海氣深。好留皮骨在，何處不相尋？

【註】錄自《虞愚文集》第三卷第一三二七頁。

次韻呈王澹廎

著語精微意孰傳，會心不遠倍依然。固知生命如流水，卻為詩篇感別筵。京國須尋他日醉，江湖且惜此時緣。鉤玄別有高明處（座中談及中國通史有關上層建築問題），欲就維摩一叩禪。

【註】錄自《虞愚文集》第三卷第一三二七頁。

次韻酬兼翁見贈

盛意葳蕤有五車，平生懷抱托琴書。令辰海上成親炙，緘札年來未闊疏。炯炯心光相照下，醰醰詩味短吟餘。不須搔首對遺事，快睹晴天曉色舒。

【註】錄自《虞愚文集》第三卷第一三二四頁。

酬琴趣疊車字韻

君上機床手自車，我猶橫舍讀殘書。呵毫直下原無盡，把酒相逢未覺疎。貌古情真彌可敬，琴精詩好況其餘。過人才藝慚無及，坐展茶棚意氣舒。

【註】錄自《虞愚文集》第三卷第一三二七頁。

飯後同壺因松峯泛遊西湖疊車字韻

啖罷魚蝦棹當車，環湖勝景不勝書。蔽虧潭影新荷動，重疊嵐光遠樹疎。榔栗還探塵坌外，浮屠空戀劫灰斜。（西湖雷峯塔於一九二四年九月傾圮）賞奇念亂為□拾，欲化青冥意一舒。

【註】錄自《虞愚文集》第三卷第一三二八頁，第六句「榔栗」誤作「椰栗」；第七句「賞奇念亂為火拾」，疑有錯字。

湖遊絕句

詩老扶攜踏嫩苔，隨□涼意上樓臺。湖山一笑曾相識，卻換蒼蒼兩鬢來。

蘇堤如線白堤通，多少峯巒掩映中。艇子搖搖車逐逐，湖波不動對晴空。

煙開孤艇遠相呼，南北高峯擁一湖。信是四洲無此境（康更生三潭映月楹聯有『遊遍四洲無此境』語），綠波微漾浪花無。

積病猶思一放吟，荷風竹露得幽尋。三潭未夕虛明月，白水湛湛印此心。

茗坐如聞鵲笑聲，薄遊天愛偶然晴。會心不作閑言語，泉水何曾有濁清。

點綴湖山著此翁，一行近日笑言中。靜觀魚躍非無趣，卻愛荷花晚更紅。

冷泉冷處得真機，靈鷲飛來晝掩扉。剩覓韜光叢竹去，際天綠影共霏微12。

雨過層樓枕簟清，歸攜淺醉睡先成。對床夜起商詩句，燈火愔愔倍有情。

水面浮漚的的圓，放晴衝破晚涼天。一時同入微馨界，重禮紅蓮又白蓮。（壺翁在花港荷花盛開處留影）

【註】錄自《虞愚文集》第三卷第一二五〇至一二五一頁，第一首第二句作『隨節涼意上樓臺』，『隨節』二字無解，且與平仄不合；第二首第二句作『多少峯戀』，當是『多少峯巒』；第六首第二句作『意行盡日笑言中』，『意行』當是『一行』；第六首第二句作『雲鷲飛來』，『雲鷲』當是『靈鷲』。

抵滬由松峯紹介下榻應兆蘭君寓樓至則百需俱備此少陵所未得於孫宰者也而壺因澹廎琴趣松峯於愚已各有饋贈厥情渥矣返京前假壺翁高齋邀應兆蘭君等茶敍諸公並有詩再疊車字韻為報

高樓下榻甫停車，款款難為一一書。雨後小園愈綠淨，道旁喬木極森疎。聊憑茶素供吟助，薄有餳酥侑笑餘。好與群賢重晤聚，臨歧微意儻能舒。

【註】錄自《虞愚文集》第三卷第一三二八頁，第六句作『錫酥』，當是『餳酥』；第八句作『臨分』，當是『臨歧』比較妥帖。

喜贈應兆蘭君

下榻情深見，高談入宵冥。初逢髭已白，相見眼長青。槐影窗前綠，蟬聲枕上聽。新知兼舊學，淬厲念居停。

【註】錄自《虞愚文集》第三卷第一二九八頁，第五句作『槐影窗前緣』，當是『槐影窗前綠』。

林逸君輓詞

生世能諧竹與梅（愚字竹園君號梅廬），少年微抱向君開。登山臨水情難忘，映雪樓前幾度來。

海誓山盟共百年，定情佳節月嬋娟。從今天上中秋月，照到人間總未圓。

南遊可語絕寥寥，蕉雨椰風不自聊。隔海雙心虛夜夜，故山來信望朝朝。

平生意氣欲淩雲，每感才難倍憶君。惟有羽瑤言可念，何慚亦俠亦溫文。

喋血鍾山虜騎橫，陳編拋卻起論兵。輕舟並擁團欒影，永憶秦淮打槳聲。

淞濱危語足思量，燈火昏昏對客床。萬馬齊鳴須戰鬥，急收行李待歸艎。

烽火彌天不可留，滿腔悲憤鎮難收。隔江唱罷家山破，別婦拋雛又遠遊。

委化蟲沙劇可悲，移家巴蜀命如絲。山城烽警相攜夜，轉怯風清月白時。

講學黔中敢角才，名園小住共銜杯。可憐碧綠花溪水，曾照雙雙鬢影來。

花溪輾轉到長汀，橫舍山腰潑眼青。為吊靈均留斷句，中宵勞汝倚窗聽（一九四五年詩人節愚應長汀厦門大學中國文學系同學邀請，曾寫《汀江弔屈原》一詩，逸君對此作推獎至甚）。

燹焰虔州又一場，殘山剩水意空長。角聲滿地風兼雨，歲暮淒淒到上杭。（一九四五年日寇陷贛州，厦大擬由長汀遷上杭開學，余攜眷先往聯系佈置）

奏凱聲中返故山，八年鋒鏑淚先潸。鯨波鷺影長相憶，苦挈兒曹取次看。

鶺鴒情隨魚水深，懸崖對宿海沉沉。真成虎豹當關惡，三載誰窺抗暴心。（抗戰勝利後，逸君轉教厦門雙十中學，因積極支持學生反饑餓、反迫害、反内戰，要自由、要民主之抗暴鬥爭，被校方解聘。時吾家住虎頭山厦大宿舍，僞要塞司令部亦盤踞在山上。中華人民共和國成立前夕，僞軍欲強佔厦大宿舍，逸君不畏強暴，據理力爭，拒不答應。）

依依北斗燦長空，臘臘紅旗入眼中。解放相期同改造，海堧爭睹日生東。

應召同車上首都，商量文史豈愁孤。分燈兩案陳鉛槧，待補辛勤備課圖。

我躬何計起沉痾，來藉天風散鬱陶。絮語宵分今不再，山樓長記枕驚濤。

才賦南旋又北征，勞心久慣感平生。京華已是三年別，漲海冰天惘惘情。

滿天風雪動孤嚬，閉眼常憐枕上人。誰分北居安定後，藥爐藤杖了昏晨（逸君病時須扶杖而行）。

入都得句多君誦，鍵戶揮毫不我嫌。慚愧孱軀雖稍健，病夫護士一身兼。

病革真無語可寬，屋廬醒眼夜漫漫。一生憂樂低徊徧，無補分毫痛肺肝。

庭前槐柳綠紛紛，今歲花朝尚壽君。不道春來轉搖落，寢門一出死生分。

樓敻燈殘日影沉，淚珠注海海增深。打針會診都無效，殫盡綢繆一片心。

偶披遺掛愴前蹤，颯爽空瞻鏡裏容。一事在天應稍慰，早教兒女學工農。

寂歷山中鳥不鳴，玉顔如睡復如生。撫衾哀慟今無及，泉水長含嗚咽聲。

丈室淒清屧響沉，老山弔影復相尋（逸君骨灰厝老山堂）。吾哀強作英年語，論學雖孤只自任。

照壁孤檠獨閉龕，鰥鰥羈緒我寧堪。躊躇埋骨將何地？縱有歸魂不易南。

卅年歷遍無窮事，一瞑終成萬念空。南北此身能幾載？逢君只在夢魂中。

故地重過涕淚垂，每聞緘札動哀思。此情此恨知何補，天上人間無盡時。（一九七六年五月）

［附］跋林逸君輓詞篆刻

逸君之喪，余回溯數十年身經巨變之跡，作七絕二十八首哭之。雖曰輓詞，實亦時代之縮影也。吾友王君守楨欲慰吾心，將余詩篆刻印章數十方，復以余自書此詩鐫於印邊，厥情渥矣。因思七年前，余與逸君返鼓浪嶼養痾，守楨當夜叩門論詩談藝，以為笑樂。今逸君逝矣，而守楨又遠隔天涯，此情此景已不可再，披此刻甯不使余傷逝懷舊於無窮耶？丁巳秋，北山虞愚跋於北京寓廬。

【註】錄自《虞愚文集》第三卷第一二六五至一二六八頁。虞愚先生曾寄际初稿給何丙仲，其第三首末句作『故山來信望迢迢』；第四首第三四句作『狂似羽琌言可念，商量出處到紅裙』；第五首起句作『蹂躪鍾山虜騎橫』；第九首起句作『講學黔南』；第十一首末句作『棲棲』，當是『凄凄』；第十八首起句之『動孤嚬』，典出唐李商隱《燕臺四首》之『雲屏不動掩孤嚬』句，而《虞愚文集》作『掩孤頻』，誤；第二十三首起句作『愴懷不為涕無從』；第二十四首第三句作『成灰一慟今無及』，末句『嗚咽聲』誤作

『嗚咽聲』；第二十五首起句作『滿室淒清絕足音』，末句作『論學言詩力儻任』；第二十八首第三句作『此情此恨知何補』。林逸君女士一九七六年三月二十九日逝於北京。丁巳：一九七七年。

讀《天安門詩抄》

豪傑崢嶸華國門，清明吟祭動黃昏。彌天雄句同傳檄，匝地鮮花為訴冤。河嶽英靈終不泯，乾坤正氣賴長存。新編頗係興亡史，又見長征肇紀元。

【註】錄自《虞愚年表》一文，載《述學昌詩翰墨香——紀念虞愚先生》，厦門大學出版社二〇〇九年版。

八月八日上玉泉山展逸君墓兼簡漆士珍世講

永定長河抱墓門，愴懷公義與私恩。南歸臨穴嗟無極，北望傷神豈待言。安魂縱能居勝地，埋憂難得傍名園。（君墓鄰植物園）九京漆老成親炙，文史昏晨好共論。（士珍先君漆鑄成伯臺墓在君墓之右，生前頗有往還）

【註】錄自《虞愚文集》第三卷第一二六九頁，末句作『義史昏晨好共論』，『義史』當是『文史』之誤。

無題

擁褐南窗坐晚陰，夢魂猶繫好園林。孤雲分暝寒山氣，萬籟吹秋答葉吟。友誼惓惓塵漠漠，詩懷浩浩歲駸駸。人間可羨惟農畝，共聽豐年擊壤音。

【註】錄自《虞愚墨蹟》第六九頁。

周恩來總理逝世一週年

持詩和淚立碑前，簇簇花圈插海壖。偉象巍然光八表，挽歌哀絕念經年。妖氛迅掃風雷吼，華嶽高瞻日月懸。精爽在天堪告慰，正看佳氣滿山川。

【註】錄自漳州松雲書畫院藏《虞愚書法作品集》（內部資料刊本）第二四頁。

學頡詞長屬題其先德《勸戒洋煙賦》手卷寫此博教

刻意除民害，遺文似檄章。枯觜行踽踽，酖毒視茫茫。志士憂亡種，豪情誓擊強。筆鄰雲左集，百祀吐光芒。

【註】錄自《虞愚文集》第三卷第一三四七頁。

日中和平友好條約簽訂後六日中西智海教授隨同淨土真宗本願寺派訪華團蒞京將赴西安洛陽等古剎朝拜索書於愚賦此報之

曇鸞宗派開山手（北魏曇鸞（四七七—五四三）在並州石壁山中玄中寺，提倡觀想念佛，為淨土宗的開端。印度世親著《淨土論》，曇鸞作註，改書名為『往生論』，智者《十疑論》嘗引用之），雲水迢迢轉海來。茗坐秋光溫杖舃，石壇花影護尊罍。唱酬往哲高風在，朝拜靈山萬壑陪。中日人民長式好，梅馨櫻麗看春回。

【註】錄自《虞愚文集》第三卷第一三〇四頁，詩題中作『本瓶寺』，當是『本願寺』。漳州松雲書畫院藏《虞愚書法作品集》（內部資料刊本）第四一頁也輯錄此詩，作『本願寺』。日中和平友好條約於一九七八年八月十二日在北京簽訂。

遊黃州赤壁同中國古代文論學會諸代表

驅車旭日吐新晴，共作黃州赤壁行。適野林深秋有色，泝流岸削水無聲。猶餘月夜拏舟興，不盡江天擫笛情。風景已殊人好在，蒼茫萬感與同傾。

【註】錄自《虞愚自寫詩卷》。《虞愚文集》第三卷第一二五三頁亦輯錄此詩，唯第五句『拏舟興』誤作『掌

舟與」，第六句『攧笛』作『揑笛』。虞愚先生於一九七八年加入中國古代文學理論學會。

江漢

江漢湯湯萬古流，寒林寥廓楚天秋。碧山盡處千帆過，不見當年黃鶴樓。

【註】録自《虞愚文集》第三卷第一二五四頁。

留題東湖屈原紀念館

雲影波光入畫圖，東湖氣象勝西湖。掬心再拜靈鈞像，也為沉吟到日晡。

【註】録自《虞愚文集》第三卷第一三四七頁。

厦門重晤李陋齋

握手江邊豈所期？杯觴談笑屢追隨。懸知一藝成吾事，獨挾豪情寫以詩。岩水可親須百過，海雲繞擁動千思。重逢別有欣欣意，四害驅除正及時。

【註】録自漳州松雲書畫院藏《虞愚書法作品集》（內部資料）第二八頁。

參觀厦門菊花展覽同郎棟崇治杜蘅

領略淵明句已難，相逢巖罅共盤桓。更留小影題今意，勝對繁英當夕餐。契闊尚容秋後見，躋攀甯許客中寒。粲然為汝低徊久，猶帶花枝仔細看。（臨行主辦者以名菊一束相贈）

【註】録自《虞愚文集》第三卷第一二九八頁。

水操臺懷古

直逐荷蘭寇，乾坤一霸才。巖端餘故壘，海角聳高臺。落日江濤壯，秋風鐵馬哀。誓師人不見，仰止一徘徊。

【註】録自《虞愚文集》第三卷第一二二八頁。此係虞愚先生舊作，刊於《虛白樓詩》。其後虞先生屢作修改：《虞愚自寫詩卷》題為『水操臺』，起句作『奮臂驅荷寇』；『江濤』作『雲濤』；末句作『仰止獨徘徊』。《虞愚墨蹟》第六一頁題為『水操臺懷古』，起句作『明屋還招討』。漳州松雲書畫院藏《虞愚書法作品集》（內部資料刊本）第一三頁題為『留題水操臺』，『江濤』作『雲濤』；末句作『仰止更徘徊』，並以朱砂書之。

為陳初題雨田水鄉圖

心似芭蕉終一展，眼明鴻雁待高翔。歸舟三兩風煙外，香稻青青認水鄉。

【註】錄自《虞愚文集》第三卷第一三四四頁。漳州松雲書畫院藏《虞愚書法作品集》（内部資料刊本）第二五頁輯錄此詩，詩題為『題陳初世講水鄉圖』。

陳兼與八十生日專言文藝事以祝之

南北星明氣象迴，樓居仙眷想蓬萊。夢尋彭蠡匡廬去，畫得晴嵐暖翠來。（兼翁臨有王煙客《晴嵐暖翠圖》）國步長隨初日上，令辰正及萬荷開。十年奇跡公能頌（兼翁曾舉十年來國家新奇跡為詩十二章），表海雄風接酒杯。

【註】錄自《虞愚文集》第三卷第一二九九頁。陳兼與（壺因）生於一八九七年，一九七七年八十歲。

自閩抵滬適值壺因八十一生日留飲寫此奉正並簡同座松峯

無病維摩聊示疾（壺翁方嬰流感小疾），有緣曼達總相溫。重逢知己宜吟醉，故改歸程得晤言。掛夢荷香縈遠渚，逢辰曲酒致高門（余饋以南方曲酒）。醰醰和什多真味，儻向淵明叩本源（壺翁近有和陶飲酒二十首）。

【註】錄自《虞愚文集》第三卷第一三〇〇頁。第五句作『紫遠渚』，當是『縈遠渚』。陳兼與（壺因）生於一八九七年，一九七八年八十一歲。

題陳兼與墨竹

異代文蘇手，高情托跡同。尋幽數竿竹，吹夢滿樓風。瀟灑身俱化，清新志未窮。一涼□到骨，不戀北枝紅。

【註】錄自《虞愚文集》第三卷第一三四四頁，第四句作『吹蘿』，當是『吹夢』。第七句作『一涼恩到骨』，『恩』字無解。

陳兼與惠墨竹一幀又見和奉謝之作厥情渥矣再用前韻略述詩畫二事以求教

身兼四美數兼翁，愛畫耽詩許與同。千里相望寫新竹，一樓無恙起清風。賦詩誰信非關學（嚴儀卿有言：『詩有別才，非關學也。』愚以為，三百篇風雅頌之異其體，賦比興之異其用，兼陳朝章國故、治亂賢不肖，以至日月星辰、風雲雨露之象，山川城廓、草木鳥獸蟲魚，無弗知也，無弗能言也。素未嘗學問，猥曰『吾有別才也』，能之乎？」），琢句深知未必窮（自詩人少達多窮之說起，不以為詩能窮人，即以為窮而後工。然窮之境不一，工之境亦各有不同。自少陵、東野、玉川、長江以迨聖俞、後山，工而窮者下過數人而已。至於唐之昌黎、元白，宋之歐蘇、荆公，雖窮通之相□，而未嘗以凍餒終其身）。且復高吟置餘事，何時共看海雲紅。

【註】錄自《虞愚文集》第三卷第一三一八頁。

月夜寫懷並柬梅生湓甫慧卿郎棟崇治杜蘅諸好友

背人少壯堂堂去，到眼清輝念念新。殘夜冥探西域記，餘年長作北京人。相期萬里嬋娟共，鄭重雙魚問訊頻。漲海冰天各努力，感時肝膽尚輪囷。

【註】錄自虞愚先生抄賦何丙仲之詩稿，《虞愚文集》第三卷第一二四六頁也輯錄此詩，詩題為『月夜寫懷』。

敬題周總理病中小像時總理逝世二週年也

抱病奚辭接國賓，獨支皮骨見精神。久懷天下同憂樂，何懼群魔塞要津。二載哀思回寤寐，千秋風節益嶙峋。鞠躬盡瘁平生意，舉世元元要此人。

【註】錄自厦門何傑先生提供此詩箋照片，後署款為『錄似重禹賢兄指正，並乞和章，虞愚初稿』。舒蕪（一九二二—二〇〇九），安徽桐城人，原名方管，字重禹，現代著名作家。

雪夜過重禹兄所居歸作

念亂飄歌盡，沖寒談藝來。鯤鵬元自遠，鷗鷺漫相猜。淵對成滋味，神思與闔開。夜深坊巷底，壯雪負之迴。

【註】錄自厦門何傑先生提供此詩箋照片。

舒蕪詩家屬題天問樓手卷圖為方鴻壽所作

詩老胸中滿丘壑，九州人物定誰賢。直須呵壁來相問，亦復行吟得自便。桔梗豨苓皆可帝，鼠肝蟲臂任其天。披圖雲水舒心眼，莫遣新霜識箋邊。

【註】錄自厦門何傑先生提供此詩箋照片。

立哉書記屬題文衡山先生手卷寫此博教

衡山翁豈獨工書，想見高情樂藝餘。六十三年呵凍筆，別饒光氣爛天墟。

【註】錄自廈門何傑先生提供此詩箋照片。

紫宜畫師以所作黃菊酒壺一幅見寄並系以詩報以此作

畫菊多情佐一瓻，教人有味畫中詩。天翻地覆霜枝在，對酒何須更怨遲。

【註】錄自《虞愚文集》第三卷第一三〇一頁。

敬念周恩來總理逝世三週年

親炙嘗傾廣座中，只今追憶有餘恫。淚連廣宇成宏力，花擁豐碑表至公。三載已回天下暖，九州彌仰哲人風。飛灰料現身千億，醞釀新元四化功。

【註】錄自漳州松雲書畫院藏《虞愚書法作品集》第四〇頁。

為方瑞世講題韓羽三打白骨精圖

塗抹何曾有肺肝，猶支白骨媚新歡。金輪薰灼成何世，留作神州痛史看。

【註】錄自《虞愚文集》第三卷第一三四五頁。

日本國書家錦洞先生以上野之森公園書法展覽目錄及展出拙書影照寄贈厥情渥矣報以此作

振翮東來氣自豪，不曾餘事廢詩騷。難忘佳日張文讌，各溯靈源溢彩毫。留影情逾投縞紵，披章意若挾波濤。何時淵對論書道，萬里同雲想望勞。

【註】錄自《虞愚墨蹟》第一四頁。《虞愚文集》第一三〇三頁也輯錄此詩，題為『一九七九年三月日本書家林錦洞先生以共勵會、上野之森美術館書畫展覽目錄及拙書「登萬里長城」句影照寄贈，報以此作』。《虞愚文集》『不曾』作『未將』，『文讌』作『文燕』，『各溯』作『直溯』，『何時』作『何日』，『同雲』作『雲天』。另，《虞愚墨蹟》第七九頁有鋼筆謄錄詩稿，第二句作『不曾』，第四句作『直溯』，最後一句作『雲天』。

林英儀世講寫菊寄贈報以一律

南天掛夢海雲垂，千里披圖慰渴饑。孑影依然為北客，遙情儻許寄東籬。冥心萬象歸於墨，下筆黃花有老枝。孤榻沉吟誰得共，起看星斗夜何其。

【註】錄自林英儀先生所藏虞愚先生詩稿。《虞愚文集》第三卷第一三〇一頁亦錄此詩，詩題作『林英儀世講擅長墨畫近以所作菊花一幅見寄報以此作』，第三句作『身影依然為北客』；第六句作『下筆黃花粲在枝』；第七句作『一榻沉吟誰得共』。

次韻謝唐崇治除夜見寄

歲華一去不留殘，微覺新春近鬢端。節酒莫辭今夜醉，梅花已判隔年看。故山入夢情難隱，急雪催詩興未闌。萬里煩君起我病（謂示治白血球下降方劑），何期相對接餘歡。

【註】錄自漳州松雲書畫院藏《虞愚書法作品集》第一五頁。《虞愚文集》第三卷第一三一四頁也收錄此詩，第二句『微覺』作『坐覺』，第五句『情難隱』作『愁難熟』，第八句『何期』作『何時』。

次韻謝鍾文獻見懷

倚窗承月映熹微，又見孤雲著處飛。天下洶洶何日定，獨行踽踽欲疇依？來鴻去雁經年別，老驥黃沙壯志違。剩約思明子鍾子，共恢詩律破愁圍。

【註】錄自《虞愚文集》第三卷第一三一五頁，《虞愚墨蹟》第五九頁也輯錄此詩。另，虞愚先生抄眎何丙仲的初稿，詩云：『霜辰月色看熹微，又見孤雲著處飛。天下洶洶何日定，獨行踽踽欲疇依。來鴻去雁經年別，碧海青天宿願違。剩約思明與鍾子，共恢詩律破愁圍。』

〔附〕鍾文獻先生原作

黔婁握別表衷微，橫駕鯨波分道飛。無力藕絲空悵悵，多情柳絮故依依。叨光燕市嬌陽暖，同慨鯤身正朔違。環宇賓朋留好夢，歸懷祖國莫持危。

【註】錄自何丙仲的虞愚先生詩詞抄件。

奉誦福建鼓浪嶼洪梅生見懷之作走筆和酬

煮茗供追憶，飛箋換歲年。詩聲傳島嶼，先氣接幽燕。只覺情無隱，休論物不遷（《物不遷論》為晉僧肇所撰，持絕對靜止論點）。故山留眼待，雁意滿霜天。

【註】錄自《虞愚文集》第三卷第一三一五頁，第七句之『留眼待』誤作『留眼詩』。漳州松雲書畫院藏《虞愚書法作品集》（內部資料刊本）也輯錄此詩，第四句作『光氣接幽燕』。

壽陳壺因八十有二生日

擁座叢殘接昔賢，詩瓢茗椀自年年。故人又作經時別，新句方看四海傳。寫影湖漪搖昨夢，遞新荷氣隔初筵。是心相與無窮世，翹首光風霽月天。

【註】錄自《虞愚文集》第三卷第一三〇〇頁。其第七句作『是心相興』，誤，當是『是心相與』。陳兼與（壺因）生於一八九七年，一九七九年八十二歲。

松峯病後移居襄南路澹廎壺因琴趣諸老咸有詩賀之次安字韻即以奉簡

故人飲啄想輕安，病後書來得細看。撼夢風雷留命在，卜居江海稱情難。四時經濟親鹽米，一室莊嚴照鳳鸞。想得謳歌出金石，平懷憂樂識天寬。

【註】錄自《虞愚文集》第三卷第一三三四頁，起句作『故人飲歎』，當是『故人飲啄』；末句作『平懷尤樂』，

當是『平懷憂樂』。

為松峯詞人題永嘉崖竹攝影

空谷光初定，懸崖寫影難。能留奇節在，正耐後人看。黄葉生秋思，青松共歲寒。披圖風雪夜，賴汝報平安。

【註】録自《虞愚文集》第三卷第一三四二頁。

為松峯詞人題武昌柳攝影

行客銷魂處，依依憶舊遊。離情樓外月，疎鬢驛前秋。為討毿毿影，因生脈脈愁。楚雲高不落，漢水日東流。

【註】録自《虞愚文集》第三卷第一三四二頁。

壺翁為邇冬寫它山室話詩圖邇冬屬題賦此博教

騷心窮歷大千塵，憂患如山尚此身。刻意顯幽兼拾墜，閉門誰省話詩人。
坐前捻斷幾莖髭，鑄古鎔今足解頤。一曲林亭含遠勢，更吟摩詰畫中詩。

【註】錄自《虞愚文集》第三卷第一三四六頁。

壺因為邇冬作山水直幅邇冬賦詩謝之次和兼呈壺因

飽攬秋山勝，何須賦小園？長空開雁路，絕巘迫龍門。雲彩陰晴變，江聲日夜喧。禿毫吐奇氣，雲壑對忘言。
箋詩窺奧秘（邇冬有《蘇軾詩詞選註》行世），立論慰空疎。頗欲從君飲，時還借我書。因圖思桂□（邇冬詩畫境仿佛桂林南溪山），有約負匡廬（去歲壺因與愚擬遊廬山，因事未果）。何日同連袂，他山足助予（邇冬書齋名他山室）。

【註】錄自《虞愚文集》第三卷第一三三四頁，第二首第五句作「因圖思桂管」，「桂管」無解。

壺翁新拓瓠圃寫詩屬題愚研究變文所自出適讀《維摩詰所說不可思議經》即依經義次韻奉和與原作了不相涉翁以無礙眼觀之或可備一格歟

旋轉乾坤等一瓠，人間何處覓方壺？龜毛兔角俱無體，烏道羊腸盡坦途。丈室已教同宴坐，空山底用乞靈符。先生為圃殷勤意，未異開荒挽病夫。

【註】錄自《虞愚文集》第三卷第一三三五頁，起句作『寺一瓠』，當是『等一瓠』；第六句作『乞雪符』，『雪符』與詞意和平仄均不符，當是『乞靈符』。

岱宗新詠並序

巍巍太山，吾仰望之久矣。今歲四月二日至長清視婿家，吾婿張增華勸登岱，又得友人閻向東君導遊。四日乘車至泰安城，取徑東路，步行至太山之麓，已見南天門在數千仞之上，夾持於兩峯之巔，進行數里而天門隱，數里天門又見，凡數隱見，至中天門，登山之路已及其半。午飯後小憩，續躋攀，日將西矣入南天門，更上則蒼蒼者天而已。山上有殘雪未融，夜宿岱頂賓館，山風撼樓，寒氣侵人。五日五時許即起，躡天柱峯候日出。天晴有蒙氣，蒸為薄雲，日大如車輪，不能明見全體。將曈曨之頃，紅光橫射數百里。須臾，近日處噴猩血色，洵奇觀也。朝餐畢，取西路下山，歷長壽橋、黑龍潭等處，由泰安乘原車而歸。八日，增華復伴至靈巖寺一觀。寺南接太山，北接龍洞，極為深秀，乃東晉佛圖澄卓錫之地。有立鶴泉、辟支塔、御書亭、鐵衣等。自山麓至寺門十餘里，古松參天，亦謂之十里松。千佛殿中有宋代泥塑彩色阿羅漢像四十尊，塑藝絕精，栩栩如生，至今猶縈回腦際。游程僅三日，凡得詩十有七首，雖不能盡太山諸勝於萬一，亦聊述其所見，而記茲遊之樂耳。一九七九年四月廿日，北山虞愚寫於北京寓廬。

登岱宗最高峯

遠攀磴道躡雲端，到此方知宇宙寬。絕巘雲開天四照，長空風策日孤寒。磵阿留影身猶健，榛莽尋碑興未闌。齊北魯南青不盡，高低松伯共盤桓（齊在太山北，魯在太山南，中天門以上其木皆松，其下其木皆柏，故有結聯）。

紅門宮

岱嶽巍然導萬流，紅門宮久夢無由。不知尼父登臨處（孔子登臨處石坊在紅門宮，故有第三句），壯麗當年似此不？

經石峪

北齊書法故沉雄，般若靈源本不同。（斗母宮東北之山峪，在大片石坪上，刻有《金剛般若波羅蜜多經》文，字大五十釐米，為北齊人所書，沉雄無比。經風雨侵蝕，尚存一千〇四十三字）想見揮毫吐剛氣，墨痕直欲濕鴻濛。

五松亭

枝幹森張鶴可盤，五松何取大夫官［秦始皇二十八年登泰山，到此遇雨，避雨於古松下，因此封為『五大夫』（見《史記》）］。原知拏鬣懸針處，自倚星辰抗歲寒。

對松亭

之而鱗爪未成龍，歷劫仍留塊獨蹤。坐對青山如有悟，但傾胸臆與高松。

雲步橋

泉響如雷日夜喧，蒼生霖雨待誰論？（瀑布石上刻有『蒼生霖雨』四個大字）山門千仞諸流合，長印襟前岱嶽痕。

兩山門

嵐光翠影手能捫，鐵干縱橫萬馬屯。指顧之間淩絕頂，中南天作兩山門。

碧霞祠

強抬倦眼讀銅碑，怪秘陰靈與護持。斜日飛飛集蝙蝠，深藏惟有碧霞祠。

漢石表

層疊嵐光染鬢絲，摩挲漢石立多時。何當借得如椽筆，來寫元封無字碑。（在玉皇頂門前有長方碑石，高六米。據《史記》記載，為漢武帝元封元年東上太山時所立，石無字，故名無字碑）

南天門

南閣摩空亦壯哉，岱宗絕頂我能來。兩峯排闥青如染，萬古心胸一豁開。

太山高

顛風揭屋萬靈號，醞釀神思首重搔。獨有荆公初領略，神奇空憶佛圖澄。

千佛殿

規形難得是精神，怒目低眉更逼真。羅漢滿堂千佛笑，塑雕絕藝付何人？

【註】錄自《虞愚墨蹟》第七七至七九頁虞先生鋼筆謄錄之詩稿。

孔子二千五百卌五週年誕辰中國哲學史學會舉行孔子思想座談會感賦

先聖千秋雜毀譽，逢辰感念更誰如。刪詩贊易堪瞻仰，入室升堂待呴噓。儒學頗難窮演變，餘生但願補空疎。五經自有精微在，群哲商量足啟予。

【註】錄自《虞愚墨蹟》第六頁。

孔府

百畝園林宅一區，蒼茫來謁聖人居。刪詩贊易空瞻仰，入室升堂待呴噓。孔學自難窺究竟，後生何以補空疎。滄桑劇變渾閒事，漢柏唐槐葉又舒。

【註】錄自《虞愚墨蹟》第三七頁。

參觀魯硯展覽喜題

摩挲玉質到斜曛，池上猶涵岱嶽雲。磨涅誰何如汝壽，長教盛世寫雄文。

【註】錄自《虞愚文集》第三卷第一三〇三頁。

敬題蒲松齡故居

淄川惘惘柳當門，千劫重尋几榻存。文字高明遭鬼瞰，江湖意氣任狐尊。沉陰常望青林影，蕭瑟難招黑塞魂。閑把聊齋燈下讀，九天孤唳落寒原。

【註】錄自《虞愚自寫詩卷》。《虞愚文集》第三卷第一三四五頁亦輯錄此詩，唯第六句『難招』誤作『難抬』，第七句『閑把』作『又把』。今依《虞愚自寫詩卷》。

林松峯輓辭

沉痾便與世長辭，忍對寒燈讀寄詩。已歎死生如短夢，劇憐江海有孤嫠。南歸執手方相勞（兩度赴閩過滬為余謀下榻之地），北上談心不可期（君有重遊首都之約）。只有楓音無限思，如鉤月色助淒悲。

【註】錄自《虞愚文集》第三卷第一二七〇頁。

遊戒臺寺潭柘寺歸成二律

攢峯列甃翠成堆，極目嵯峨仰戒臺。水外竹光相蕩漾，鳥邊松氣自盤徊。殘碑細字微茫見，空谷幽花爛漫開。萬物何曾非我有，此行不負看山來。

垂楊彌望碧毵毵，遊侶相攜破曉嵐。人在龍潭幽處坐，詩於柘樹靜中參。茅亭曲水通泉罅，法宇飛單插斗南。到此怡然忘主客，已迴紅綠作春酣。

【註】錄自《虞愚文集》第三卷第一二五四頁，第二首末句作『已迴紅綠作者酣』，『作者酣』無解。宋陳與義《次韻王堯明郊祀顯相之作》有『已迴寒馭作春酣』句，故改為『已迴紅綠作春酣』。

二十世紀八十年代

常夀教授寄詩奉答

再來京國知何日，每讀公詩氣一奇。宴息有餘歸自媚，支離之學愧相推。遙瞻淮北行吟地，孑立宣南望遠時。力辨因時非復古，桐城何止闖藩籬。

【註】錄自《虞愚文集》第三卷第一三三六頁，末句作『相城何止』，當是『桐城何止』。常夀，即吳孟復，安徽合肥人，著名國學學者。

讀壺因《兼於閣詩》喜呈

時遷事變固非同，鑄古陶今老獨雄。自是詩中常有畫，何曾窮後始能工？語言知在國光外，神貌終溶唐宋中。更欲用心到文運，急收俊句樹新風（翁選刻朋輩反映時代精神詩篇曰《新風集》）。

【註】錄自《虞愚文集》第三卷第一三〇一頁。

生朝壺翁郵詩為壽次韻報謝

不菲舊學愛新知，汲汲光陰稍覺遲。星斗高寒憐若此，乾坤莽蕩欲何之。上心天地無窮事，握手江湖急劫時。今日百花應齊放，從公白首共昌詩。

【註】錄自《虞愚文集》第三卷第一三三六頁，起句作『不靠舊學愛新知』，『不靠』錯，疑為『不菲』。

鄧林先生寄贈小照足當晤對喜題長句

思而不見卻愁予，照影翩翩慰索居。要眇言談超象外，溫愉豐采接春餘。詩存知己從多感，道在當前信未虛。遍界心光長不隔，故應相視印如如。

【註】錄自漳州松雲書畫院藏《虞愚書法作品集》（内部資料刊本）第四〇頁，《虞愚文集》第三卷第一三〇二頁亦載此詩。

重禹詩老招飲青海酒家出示新篇賦此報謝並簡伊白同志

新詩磊砢氣如山，意緒千迴百轉間。眾噪故同林雀散，孤遊自狎海鷗還。一堂說劍應無敵，萬感擎杯足破慳。小憩市樓得淵對，偶為狂語不須刪。

【註】錄自《虞愚文集》第三卷第一三〇三頁，詩題之『重禹』誤作『重烏』，即舒蕪。

奉迓鑒真像獻詞並序

唐道宣門下弘景之弟子鑒真和尚（六八八—七六三），開元間在揚州大明寺（平山堂）弘南山四分律。時日本沙門榮睿、普照中國求法，於天寶元年抵揚州請鑒真赴日傳弘南山律。鑒真遂約比丘法進、思托等，並攜佛典、圖像東行。從天寶元年至十二年渡海六次，備歷艱險，終於十三年二月到達當時日本都城奈良，築壇傳戒。日本之有律宗肇始於此。今秋為迓鑒真像，中國佛教協會及中日友好協會等舉行莊嚴紀念大會，緬懷古德，合十讚美，乃寫此詩以獻。

四海彌天一鑒真，香花撒遍大千塵。南山行事曾當日，東海傳燈若有人。幾掛舟帆戰風浪，獨攜貝葉動星辰。平山堂與招提寺，萬里交輝入眼新。

【註】錄自《虞愚文集》第三卷第一二七一頁。《虞愚墨蹟》第三六頁亦錄此詩，題爲『鑒真大師像回國巡

展』。一九八〇年四月十四日，鑒真之像首次被迎回祖國。

弘一法師百年祭壺翁有作余亦繼和

春滿花枝不可尋，講堂夢裏柏森森。懸知諸藝皆餘事，直契孤雲有本心。東海學師偏托鉢，南山律廢賴傳音。高風已絕人間世，廓爾忘言祇樹林（師遺偈有『問余何適，廓爾忘言』之句）。

【註】錄自《虞愚文集》第三卷第一三三六頁，末句作『廓爾七言』，自註又作『廓爾止言』，『七言』『止言』皆誤，當是『廓爾忘言』。

謁黃花崗七十二烈士之墓

小立碑前禮國殤，千秋浩氣自堂堂。神州締造思當日，南海相尋到此崗。毅魄在天終不死，雄姿與世久爭光。人間雲雨多翻覆，惟有黃花晚節香。

【註】錄自《虞愚自寫詩卷》。題為『謁黃花崗七十二烈士之墓』。漳州松雲書畫院藏《虞愚書法作品集》第五四頁也載録此詩，題為『謁黃花崗七十二烈士之墓同中國邏輯史研究會諸代表』。中國邏輯史學術研討會於一九八〇年在廣州召開。

承燾詞長索書記其今年八十矣賦以小詩為壽

永嘉學派開天下，律呂精微有若人。偕隱高名滿京闕，論詞絕句動風塵。諸緣早解生無盡，妙藝真如道益親。每過朝陽樓上坐，多公胸次邁千春。

【註】錄自何丙仲的虞愚先生詩詞抄件。《虞愚文集》第三卷第一三〇七頁亦輯錄此詩，詩題為『瞿禪詞長八十生日寫此敬祝』，但將『瞿禪』誤作『瞿祥』；第二句作『律占精微又此人』，末句『胸次』作『浩氣』。夏承燾，字瞿禪，當代著名詞人，生於一九〇〇年二月十日。

之六教授寄贈近影快如晤對率題一絕

浩然胸次邁千春，典籍琳瑯咳唾親。恰喜分身慰岑寂，蒼姿奇骨並嶙峋。

【註】錄自《虞愚文集》第三卷第一三四四頁。之六教授，即黃壽祺，字之六，福建師範大學副校長、教授。

為邇冬題其表侄桂林程開濤七歲畫竹

丈夫未可輕年少，白也斯言信不疑。珍重桂林一枝筆，干霄百尺看栽時。

【註】錄自《虞愚文集》第三卷第一三四五頁。

留題陳邇冬當陽古硯

說是當陽已再陽，南窗對此瓦當方。尋常硯水收餘滴，翰墨都涵漢魏香。

【註】錄自《虞愚文集》第三卷第一三四五頁。

梅生先生八十又三生日寫此祝之

別離日苦長，共學日恨少。先生善說詩，籠絡六義了。餘情到南曲，心動雲縹杳。海鷗翩相迎，擊浪忽群矯。長橋截怒濤，天風涼嫋嫋。橋西接橋東，一枝絕紛擾。人生如喬木，不使斧斤撓。七十不為稀，八十未覺老。此語遙贈君，祝君晚更好。

【註】錄自《虞愚文集》第三卷第一二八八頁。

魏廣州以王鴻緒（一號橫雲山人）在硯背刻唐六如銘語拓紙屬題

胸次欣欣別有春，摩挲版本共昏晨。能將拓紙徵題詠，風雅如君有幾人？

【註】錄自《虞愚文集》第三卷第一三四六頁。

為陳泗東詩老題碩卿梅花明月圖

故著深紅上老枝，畫師墨舞盡淋漓。欲擕大月張良夜，獨對寒梅發遠思。天女花疑無着處，詩人色徹已空時。披圖索笑巡檐久，長抱丹心世豈知？

【註】錄自《虞愚文集》第三卷第一三四六頁，詩題將『陳泗東』誤作『陳泗柬』。陳泗東，泉州市著名文史專家。

為泉州元宵詩會而作

車塵堆鬢到名城，雙塔依然照眼明。廣座如聞天上曲，頓時喚起故園情。冥探奘學我寧及？仰睇春燈夢欲成。煩念臺澎諸父老，江迴海闊寄詩聲。

【註】錄自張榮《三事能狂更少年》一文，載《述學昌詩翰墨香——紀念虞愚先生》，廈門大學出版社二〇〇九年版，第二一〇頁。

泗東先生寄示新篇且將與會諸詩老唱和之什裒為一卷子曰泉州市庚申元宵春燈詩會集稿紀一時之樂事也愚講學鷺門未得躬預其盛口占二十八字聊博諸詩老一粲

燦爛春燈費翦裁，飛箋吐句走風雷。經臺獨倚絲絲雨，疑是天龍八部來。

【註】錄自《泉州庚申元宵春燈詩會集稿》油印本。詩後題：『北山虞愚，一九八〇年四月二十三日於北京。』《虞愚文集》第三卷第一三〇二頁也輯錄此詩，詩題『泗東』誤作『泗東』，第三句『經臺』誤作『結臺』，第四句『疑是』作『疑有』。庚申：一九八〇年。

國務院恢復古籍整理出版小組愚忝為成員喜賦

神州文化地天垂，典籍如林系國維。抉隱鉤玄原有責，焚經亡史夙同悲。聞風老驥思千里，迎日青松粲萬枝。擬共群賢商邃密，追尋墜緒報明時。

【註】錄自漳州松雲書畫院藏《虞愚書法作品集》第三六頁。國務院古籍整理出版領導小組復辦於一九八一年。曾見虞先生為人題此詩，第七句『擬共』一作『高會』。

返厦探親得王澹庼詩依韻和酬

探親千里賦南歸，八十人生未覺稀。掛夢沙鷗今始見，盤空海燕辨誰非。詩篇商略心常折，杯酒逡巡願弗違。稍待淞濱春爛漫，同看煙樹翠相圍。

〔附〕王澹庼原作

聞北山先生回厦省其回國八旬令叔率占八句俟歸經過滬時示之

大耋人從海外歸，夜行衣繡故應稀。待聆小阮談今昔，定覺中華判是非。掃穴已空螻蟻擾，還山暫莫蟪蛄違。多將明盛誇殊俗，萬喙謳歌震九圍。

【註】錄自《虞愚文集》第三卷第一三二九頁，第一句『探親』誤作『探視』，第五句『掃穴』誤作『掃六』，第八句『同看』誤作『回首』。

琴趣寄贈二絕句仍次歸字韻奉酬

萬頃煙波共汝歸，低吟弄影貴知稀。真成曠劫匆匆逝，坐感前塵念念非。一室清香宜獨臥，去年小聚惜分違。海天接眼皆詩料，羈緒厭厭暫解圍。

【註】錄自《虞愚文集》第三卷第一三三一頁，第一句『萬頃』誤作『萬坎』。

壺因詞長慧遺夫人八十雙壽二老有詩唱和余亦次韻寄祝

雙對瓶梅報早春，令辰舉酒款嘉賓。盡羅丘壑圖隨手，如挾波濤句有神。佳氣吟廬時一繞，愉顏賓案得相親。人間信有詩仙眷，簽軸堆床道不貧。

【註】錄自《虞愚文集》第三卷第一三三一頁。詩題原作『遺慧夫人』，今查《荷堂詩話》之《吉祥止止室》一文，知壺因夫人名方慧遺。第二句作『令酒舉酒』，誤，當是『令辰舉酒』。第六句『愉顏賓案』疑有錯字。

王澹廎輓詞次壺翁韻

繩床葉竈負芳辰，奈此嶔崎耿介人。每扣玄關供寢饋，獨留哀語助酸辛。平生績學兼新舊，多少詩朋藉坿循。一瞑知君自無憾，應憐有淚向江濱。

【註】錄自《虞愚文集》第三卷第一二七〇頁，第二句作『嶺崎』，當是『嶔崎』。第四句作『衰語』，疑為『哀語』。

上海玉佛寺建寺一百週年真祥方丈索句寫此賀喜

世尊托鉢無窮願，萬國衣冠頂禮來。梵刹百年經幾劫，法筵今日得重開。曼陀天雨呈奇彩，般若靈源助辯才。搜句虛廊風滿袖，更鐘欲動一徘徊。

【註】錄自《虞愚文集》第三卷第一二五二頁，第七句作『搜句虛廓』，當是『搜句虛廊』；第八句『哽鐘』，當是『更鐘』。上海玉佛寺建於清光緒八年（一八八二年）。

七月二十六日與張鼎三劉聿鑫潘禮美登虎丘

虎丘得伴喜重尋，巒壑朦朧入望深。齧石澗泉流不盡，依松禪院影初沉。晴雲繞塔層層見，夏木支天寸寸深。付與紅塵南北客，須臾攬勝一微吟。

【註】錄自《虞愚文集》第三卷第一二四八頁，第四句『禪院』誤作『祥院』，第七句『紅塵』誤作『抗塵』。

厦門大學魯迅先生紀念館成立寫此寄慕

先生文章星之斗，嬉笑怒罵筆在手。南來講學鷺江濱，一時豪彥齊低首。偉哉遺教感人深，為辟此館垂長久。匡床文几復舊觀，鷺影波光落戶牖。鬚眉想象尚凜然，如在其上其左右。煌煌著作廣流傳，革命精神卓不朽。

【註】錄自《虞愚文集》第三卷第一二六二頁。《虞愚自寫詩卷》和漳州松雲書畫院藏《虞愚書法作品集》

第二二頁均有此詩。《虞愚文集》詩題中『寄慕』誤作『奇慕』，第三句『鷺江濱』誤作『鷺江湍』，第六句『此館』作『此室』，第八句『鷺影波光』，《虞愚自寫詩卷》和《虞愚書法作品集》皆作『海色山光』。一九八一年，廈門大學魯迅紀念館重新整理開放。

次韻和酬應錦襄見贈

卅載摹書那得神，愧君乃與永興倫。商量舊學情無隱，和罷佳篇歲已新。

倘為昌詩得幸存，偷娛海角此心尊。北關是我行吟地（君所住鎮北關廈大宿舍為余舊居之地），無限低徊入校門。

【註】錄自《虞愚文集》第三卷第一三三一頁。應錦襄，廈門大學中文系教授。

〔附〕應錦襄原作

舞鶴飛鴻藝入神，永興家法古無倫。人書俱老休言老，筆敵萬人字字新。

前輩詩風典範存，韓陵片石慕高尊。吟成百卷歸來暫，許我天南一拜門。

【註】錄自《虞愚文集》第三卷第一三三二頁，第一首之第四句『字字新』誤作『宇宇新』；第二首起句作『典範簽』，依虞愚先生和章的押韻，當為『典範存』。

為印尼華僑黃松鶴題明初王宗素墨梅畫冊

數枝寒瘦橫斜影，若有幽香出卷中。六百年來無此作，此花此土各高風。

獨回懷抱謝群喧，流水孤村合斷魂。天上春迴人海外，披圖定解憶中原。

【註】錄自《虞愚文集》第三卷第一三四二頁。

慶祝泉州明新華僑學校建校七十週年

鯤鵬擊水三千里，溟渤培風七十年。校史攸關革命史，一堂南斗共高懸。

【註】錄自《虞愚文集》第三卷第一三〇五頁。泉州市明新華僑中學創辦於一九一一年。

林英儀世講以所作《臺海集》畫卷見示喜可知也次韻和酬一律

廿年北客返閩南，畫卷詩篇得一探。但願身心奉塵剎，何求骨相似天男。亂餘未改平生志，別後能為數日談。忘卻歸來勞倦意，相看髩髮各鬖鬖。

【註】錄自《虞愚文集》第三卷第一三三二頁，詩題之『林英儀』誤作『林英義』。林英儀，福建泉州人，著名書畫家。

應家言教授以新著《中國書法之發展》見贈並媵二絕句走筆和酬

績學淞濱早著稱，老猶立論信多能。近今八法無人講，藝苑孤光此一燈。

沖逸開張豈可期，杏花駿馬夢方滋（『駿馬秋風冀北，杏花春雨江南』一聯似可概括碑與帖之精神，前者以開張勝，寫碑要有駿馬氣概；後者以沖逸勝，臨帖要有杏花神韻。中國書法之美，殆盡於此矣）。塗鴉難得同心賞，愛碑尊帖各一時。

【註】錄自《虞愚文集》第三卷第一三三二頁。

水滐鄉訪蘇秋濤

藕白魚肥水滐鄉，霏霏陰雨上君堂。草山痛飲知何日？為話鯤身涕數行。

【註】錄自《虞愚文集》第三卷第一二四八頁。

次韻酬戴光華見贈

弱羽經年不住飛，此身所得不為菲。故山意外能重見，談藝惟君有旨歸。

少栽叢菊補前庭，勤儉家風見典型。樓外遠山青不盡，勞生難得此居停。

【註】錄自《虞愚文集》第三卷第一三三三頁。

虬生先生屬題其《梅菴詩草》

萬方征戰急，國爾每忘家。老去存微尚，詩成感歲華。賞心一明月，選夢萬梅花。十子遺風在，新時意有加。

【註】錄自《虞愚墨蹟》第四二頁。張虬生，字孟玄，福建福州人，居上海，工詩，著《梅菴詩草》。

嘉庚先生逝世二十週年寫此寄慕

華僑旗幟堂堂在，民族光輝萬古新。病榻猶論天下事，豐碑爭仰斗南人。海濱鄒魯饒餘地，鄉社春秋及此辰。依舊鼇園弦誦里，故山遙想碧嶙峋。

【註】錄自漳州松雲書畫院藏《虞愚書法作品集》第五五頁。原詩下註云：『毛主席贊先生為「華僑旗幟，民族光輝」，故有起聯。』

鄭成功收復臺灣三百二十週年獻辭

驅除荷寇矢忠肝，奮臂何辭渡海難。戰壘潮生沙盡白，故園鶴返井浮丹。聞風頓起前人廢，抗志能噓大地寒。帶礪山河終一統，高歌慷慨靖狂瀾。

【註】錄自《虞愚自寫詩卷》。《虞愚文集》第三卷第一二五三頁亦輯錄此詩，第四句「故園」誤作「故國」。伊齊《讀虞老詩抒懷》一文有虞愚先生為南安石井鄭成功紀念館的賦詩，詩云：「驅除荷寇矢忠肝，文物巍峨勝舊觀。戰壘燕飛沙盡白，故山鶴返井浮丹。聞風一起前人廢，抗志能溫大地寒。且喜收臺期不遠，高歌擊楫壓狂瀾。」（載《述學昌詩翰墨香——紀念虞愚先生》第一八七頁。但起句「驅除」誤作「驅逐」。）

病起十月初七日偕女婿孫賢育及其同事廿餘人乘中國科學院車遊萬里長城

五洲賓客簇長城，攬勝攀梯壯此行。已放晴天增詄蕩，終昂羸骨對崢嶸。雲連碧海闕山險，風定黃河日月明。俯視群山蓬塊耳，高吟氣欲蓋幽并。

【註】《虞愚文集》第三卷第一二五〇頁、漳州松雲書畫院藏《虞愚書法作品集》第一六頁均輯錄此詩。《虞愚文集》錄此詩之第六句作「風掠」；《虞愚書法作品集》題為「登萬里長城」，第六句作「風定」；第七句「群山」作「群峯」。虞愚先生常以此詩作書贈人，第六句多為「風定黃河日月明」。

壬戌中秋為愚七十三攬揆之辰適逢國慶君坦兼與詞長珍珍先相繼寄詩詞為壽厥情渥矣賦此報謝

連年此日思吾降，今日雙逢喜不勝。人與中秋同浩浩，運隨國步亦蒸蒸。詩心窮歷三千界，名理孤探百十層。好語攜將明月樣，眼前光景覺飛騰（時正為哲學所進修生研究生講授因明，故有第六句）。

【註】錄自漳州松雲書畫院藏《虞愚書法作品集》第三八頁。壬戌：一九八二年。

壽洪梅生八十有五

交遊數十年，往事無可悔。中間有逝者，警痛愈相愛。花木如新沐，階前獻百態。莊嚴一室中，入夢猶有味。几淨一窗明，晴麗足佳氣。煎茶兼鍛詩，至樂莫能外。抗聲詠詩騷，隨風入天籟。樓上海風來，一寄平生快。嗟余聞道晚，三載惜分袂。形骸雖遠隔，至味固不敗。精誠能相照，南北了無礙。壽如金石固，風雨殊可對。

【註】錄自《虞愚文集》第三卷第一二八九頁，第十四句作『隨風八天簌』，洪峻峯先生考證當是『入天籟』。末句作『怵可對』，當是『殊可對』。

朱正君惠新編《魯迅傳略》讀訖感題

史實爬梳盡，新編大義存。高懷照蒼莽，直筆警頑昏。冷對千夫指，身為百世尊。光芒遥可接，借此涉籬樊。

【註】錄自《虞愚文集》第三卷第一三〇六頁，《虞愚墨蹟》第二五頁也輯錄此詩。朱正，湖南人民出版社編審，一九八二年出版其所著《新編魯迅傳略》。

讀廖承志副委員長致蔣經國先生書

臺澎隔絕卅年餘，薄海爭傳一紙書。民族精神終久大，故人意氣未蕭疏。共商國是甯容緩，莫中他謀欲疾呼。從此休論鬩牆事，應憑肝膽照寰區。

【註】錄自《虞愚自寫詩卷》。廖承志副委員長致蔣經國先生書發表於一九八二年七月。

癸亥泉州春燈詩會（有序）

癸亥春節後，愚應邀赴福建師範大學講學，並為團委會專家樓等撰書楹聯。元宵擬赴泉州參加春燈詩會，因民航機北上授課未果。緬懷詩老，彌切深情，賦此博教。

刺桐城望路非遙，彌雨如何破寂寥。剩把禿毫寫胸臆，勞人草草負燈宵。

【註】錄自泉州刺桐吟社籌備組選編《泉州癸亥春燈詩刊》刊本。癸亥，一九八三年。

次韻奉酬陳泗東代柬之作

春到人間芬百卉，風行水上渙高文。每思清宇懸山月，時有吟聲出海雲。懷友那堪分兩地，易詩真可張吾軍。故鄉風物無邊好，早晚扁舟更就君。

【註】錄自《虞愚文集》第三卷第一三三五頁，詩題中的『陳泗東』誤作『陳泗柬』。

梅生詞長八十有六生日寄祝茲篇

松姿鶴骨兩嶙峋，風雅如公更幾人。海外椰風應繞夢，庭前梅蕾已含春。詩心相續無窮世，累劫還留自在身。晚識長生無靈藥，蒼波日與白鷗親。

【註】錄自《虞愚文集》第三卷第一二八九頁。

中華人民共和國成立三十四年獻辭

神州史乘開新頁，整頓山河肇紀元。萬里歌聲齊斗極，五星旗影比雲屯。經天日月光無盡，立國精神世所敦。三十四年占運會，中興作頌水思源。

【註】錄自《虞愚墨蹟》第二四頁，當作於一九八三年。漳州松雲書畫院藏《虞愚書法作品集》第五三頁也輯錄此詩，題為『中華人民共和國成立三十五年獻辭』，第七句改為『三十五年占運會』。

林則徐二百週年誕辰獻辭

沙角春雷動，豪情起擊強。虎門消烈炬，酖毒斷蕃航。報國頭俱白，投邊氣猶蒼。煌煌雲左集，百祼吐光芒。

【註】錄自《虞愚墨蹟》第三二頁，年款作『乙丑（一九八五年）夏』。林則徐生於一七八五年。

讀贈答草次序詩韻呈紺弩翁

豁目晴霄接隼飛，網羅衝決道能肥。已成鉛槧千秋業，依舊乾坤一布衣。毀室夜鴞終身殞，掠空海燕辨誰非。新詩中有經天淚，狂俠溫文並世稀。

【註】錄自舒蕪《難忘壯雪負之迴》一文，載《述學昌詩翰墨香——紀念虞愚先生》第二四頁。《虞愚文集》第三卷第一三〇七頁也輯錄此詩，首句『晴霄』作『祥雲』；第二句『衝抉』誤作『街抉』；第三句『鉛槧』誤作『鉛繫』；第七句『新詩』作『詩篇』。

全國首屆因明學術討論會勝利召開喜作

燕南雁北群賢集，握手敦煌喜可知。絕學相期同發越，高文何止闖藩籬。由來後浪推前浪，自是多師為我師。玄奘法稱遙可接，冥探正理報明時。

【註】錄自《虞愚自寫詩卷》，題為『全國首屆因明學術討論會勝利召開喜作』。《虞愚文集》第三卷第一二一五頁亦輯錄此詩，題為『一九八三年參加敦煌全國首屆因明學術討論會』，今依《虞愚自寫詩卷》之題。

一九八四年《中國老年》雜誌社舉辦端午節詩會喜賦一律

愛國精神昭百代，靈鈞往跡豈能忘？騷經欲接星辰氣，猛志堪爭日月光。難得名園娛一聚，方看鴻鵠待高翔。老逢四化歌同健，九畹滋蘭起眾芳。

【註】錄自彭一萬《鞠躬盡瘁平生意》一文，載《述學昌詩翰墨香——紀念虞愚先生》第一二二至一二三頁，詩題為整理者代擬。

題厦門園林植物園

南北驅馳亦已勞，猶饒餘興托詩騷。摩空維石岩岩起，横野飛鴻點點高。種樹莳花望玄圃，引泉啜茗對神皋。八閩自愛家山美，飽聽天風與海濤。

【註】錄自陳慧瑛《竹園軼事》一文，載《述學昌詩翰墨香——紀念虞愚先生》第二二八頁，一九八三年七月四日《人民日報》刊載此詩。《虞愚文集》第三卷第一二五二頁輯錄此詩，第四句作『横野無鴻』，『無』字是『飛』字之誤。漳州松雲書畫院藏《虞愚書法作品集》第五八頁亦錄有此詩，題為『留題厦門園林植物園』。

厦門大學群賢樓前安立創辦人陳嘉庚先生銅像敬題

演武場開大學堂，連雲廣厦起山岡。群賢樓接星辰氣，此老功爭日月光。縫掖匡時關至計，菁莪愛士固苞桑。淵渟嶽峙供瞻仰，教澤高歌海水長。

【註】錄自《虞愚墨蹟》第一六頁，年款作『甲子三月』。甲子：一九八四年。

泉州開元寺

壯麗成今日，禪林肇盛唐。蓮華香宿雨，桑樹飽秋霜。翔步東西塔，低吟左右廊。千年文物在，氣象鬱蒼蒼。

【註】錄自《虞愚文集》第三卷第一二四七頁。

留題泉州清淨寺

經誦古蘭仍可聞，寺門矗立斷囂氛。中阿友誼分明在，快睹瑰奇大食文。

【註】錄自《虞愚墨蹟》第三二頁。年款作『甲子初夏』。甲子：一九八四年。

清源山禮弘一法師舍利塔

問師何適答忘言（師遺偈有『問余何適？廓而忘言。花枝春滿，天心月圓』之句），孤塔巍然接世尊（舍利塔鄰彌陀巖）。舍利而今渾不見，萬山寥寂近黃昏。

【註】錄自《虞愚文集》第三卷第一二五五頁。詩題作『清涼山』，誤，當是『清源山』。

留題泉州聖墓

武德東來三四賢，溝通文化著先鞭。鄭和禮罷揚帆去，氣壯神州六百年。

【註】錄自《虞愚墨蹟》第三二頁。年款作『甲子初夏』。甲子：一九八四年。

訪李贄故居

銜哀孤憤寫焚書，亡命乾坤百不如。小屋三間坊巷底，無人解釋卓翁庾。

【註】錄自《虞愚文集》第三卷第一二四七頁。

過韓偓墓道

聊全晚節此棲遲，一片丹心剩有詩。千載知音釋弘一（一作『惆悵後塵流落盡』），荒原何處覓殘碑。

【註】錄自《虞愚文集》第三卷第一二四七頁。

白沙戰場

故壘遺墟有耿光，當年義幟氣堂堂。金臺極目濤猶怒，莫作尋常弔戰場。

【註】錄自伊齊《讀虞老詩抒懷》一文，載《述學昌詩翰墨香——紀念虞愚先生》第一八八頁。

寄題安溪鐵觀音佳茗

舌根功德助清吟，碧乳浮香底處尋？盡有茶經誇博物，何如長享鐵觀音。

【註】錄自《虞愚文集》第三卷第一三〇五頁。

壽山詩會索句欣然命筆

由來品印石，以壽山為貴。芙蓉固已稀，田黃尤難致。純淨故有情，抱璞實瑰異。問君何能爾，殆得剛之氣。在穀朽而飛，在書久則蠹。凡屬有生倫，變化總難恃。獨茲磊砢材，鑿成峯巒趣。高如嶽稱尊，雄若虎蹲踞。密同黃蜂窠，疎異珊瑚樹。巖岫容摩挲，坐欵風入耳。由來篆刻家，代斫合天制。白白復朱朱，奏刀宏以肆。對此縈心神，津津飫餘味。浙皖廝二渠，世論待平議。高會滙群流，筆挾風霜至。胸次別有春，觴詠矜氣類。閩嶠起晴雲，麗旭耿在地。豈獨北山愚，索句足娛慰。賞月看長虹，零瀋灑滂沛。孤根欲撼天，談藝破宵寐。

【註】錄自《虞愚文集》第三卷第一三〇四至一三〇五頁，起句作『由和』，當是『由來』；第二十五句『瑩心神』，當是『縈心神』。一九八五年九月福建省在福州舉辦壽山石詩會。

一九八七年莆田各界紀念蔡君謨誕辰九百七十五週年因事未克與會寄祝茲篇

君謨書勢蛟龍橫，斫劍錐沙美而勁。光芒作作滿山川，洛陽一記千秋炳。摩挲橋畔立多時，嶽峙淵渟起人敬。峻整仿佛顏家廟，許國精神亦忠定。愛鄉向來愛其物，荔譜茶錄堪比證。騎鯨仙去近千年，德比之廣響斯應。今日閩嶠集高會，大道還期天下正。

【註】錄自《虞愚自寫詩卷》。《虞愚文集》第三卷第一二七二頁亦輯錄此詩，唯詩題『莆田』誤作『蒲田』，首句『蛟龍』作『蛟鼉』，第十二句『德比之廣』作『德化之廣』。

題王守楨印譜

風雨孤燈勒肺肝，摩挲篆刻不知寒。此中自有精微在，莫作雕蟲小技看。
悲盦筆墨開生面，苦鐵精神接大荒。併入明牕三昧手，奏刀字字挾風霜。
胸有朝陽氣自華，恢恢遊刃舞龍蛇。紅旗如海為爭奮，作個人民篆刻家。

【註】錄自《王守楨印譜》，《虞愚文集》第三卷《詩詞》第一三四三頁輯錄前二首，題為『題王守楨篆刻』，『並序』云：『守楨治印史十年，其刀法、佈局取經趙、吳，合參浙、皖，秀逸渾厚兼而有之，蓋能賦予新生命於篆刻藝術形式也。君居鼓浪嶼福建路小樓，公餘不出戶，以事篆刻為樂。余寓廬相密邇，有作必相與觀賞。嘗夜間扣門抵掌談藝，何其年富力強、拳拳之獨在此歟？抑個人名利地位無慨於心，而欲雕肝鏤肺以傳播新思想耶？遂以余所知、現所望於君者，並寫之於詩。』

展鄭成功墓作

民族英雄豈浪傳，驅除荷寇史無前。墓門無恙松楸在，會見收臺慰九泉。

【註】錄自漳州松雲書畫院藏《虞愚書法作品集》第五〇頁。

高野山金剛峯寺召開日中青少年友好交流競書大會愚忝為審查委員會畢自大阪至東京新大谷飯店候機回國林錦洞正方書家持詩枉顧並留影為別賦此報謝

萬里書來未答裁，多歧我愧尚徘徊。八年相見曾心折，一紙將詩再別來。瀛海風光容獨攬，華嚴境界賴君開。高樓留影歌同健，九畹滋蘭起俊才。

【註】錄自《虞愚文集》第三卷第一二三〇六頁。一九八五年，虞愚先生以『日中青少年競書大會』中方審查委員，和中國社會科學院哲學所代表團副團長的身份，兩度訪日講學。

訪日瞻仰周總理詩碑

越磴驅車到此山，蒙蒙微雨照孱顏。詩碑欲接星辰氣，終古高風不可攀。

【註】錄自《虞愚文集》第三卷第一二六九頁。

熊子真誕辰一百週年寫此寄慕

手疊叢殘有閉門，冥探儒佛見根原。決疑偉抱人爭仰，啓聖殷憂道自尊。體用論開千古秘，乾坤衍辟一家言。淵渟嶽峙供瞻仰，偏界心光弭劫痕。

【註】錄自漳州《松雲閣藏虞愚作品集》第二三頁。熊十力（一八八五—一九六八），字子真，當代著名哲學家。

賀梁漱溟先生九五壽辰暨梁漱溟思想國際學術討論會召開

比觀文化開新頁，剖析鉤玄有幾人？早歲高名滿京闕，大年新著動風塵。嚌真已悟生無盡，見獨懸知道益親。學術商量加邃密，多公胸次邁千春。

【註】錄自《虞愚文集》第三卷第一三〇七頁，詩題最後衍一『詩』字。梁漱溟生於一八九三年十月十八日，此詩當作於一九八八年。

追懷陳嘉庚先生

鬢底波濤十萬程，文章時作不平鳴。歸參新政規殊遠，起釋群疑道益宏。直與仇爭伸正氣，亦猶山並仰高名。蓋棺遂盡平生分，何限西州感舊情。

憶昔海嶠重相見，建設無窮事待論。晌𦘦萬方看旦復，光昌大道際天存。年衰仍抱乘槎志，人遠猶思緯世言。突兀胸懷橫廣厦，長留高矩在中原。

【註】錄自《虞愚自寫詩卷》。此兩首七律在《虛白樓詩》題作《嘉庚先生返閩詩以迓之》。晚年做了修改。如《虛白樓詩》第一首第四句為『笑謝群喧道益宏』，第五句為『直可秋爭橫老氣』，第七八句為『瘡痍未復關襟抱，何限家園別後情』。第二首第一、二句為『燹餘海嶠重親炙，家國無窮事待論』，第四句為『艱難吾道際天存』，第五六句為『風裁灑落傾賓座，情趣紛綸接酒尊』，第八句前二字爲『已留』，其餘均同。

為陳慧瑛所著《廈門人》題詞

八閩自愛家山美，九畹滋蘭起眾芳，更寫鷺門人物志，欲移南斗接光芒。

【註】錄自林華《山海情》一文，載《述學昌詩翰墨香——紀念虞愚先生》第一〇二頁。詩題為整理者代擬。

寄懷秀欽同志

君方北上吾南下，握手無從悵可知。立業未甘同草木，學書直欲闖藩籬。由來後浪推前浪，自是多師為我師。九勢昌明今不負，才華如此況明時。

【註】錄自漳州松雲書畫院藏《虞愚書法作品集》第五九頁。

題同文校園之望高石

千秋留此磐磐石，海角重樓啓講筵。舊學新知商邃密，高懸智炬燭南天。

【註】錄自王守楨《學者詩人書法家虞愚先生》一文，載《述學昌詩翰墨香——紀念虞愚先生》第一六三至一六四頁。第二句「啓講筵」誤作「啓進筵」。詩題為整理者代擬。

〔詞〕

霜天曉角・郊行

春光依舊，綠遍章臺柳。前事不堪回憶，傷心處，梅魂瘦。　月下誰吹笛？畫樓空寂寂。悔不當時尋覓，到現在，空題壁。

【註】錄自民國時期廈門舊報刊，署名「虞德元」。

齊天樂・王又真將適新加坡，賦此志別

蒼茫家國無窮淚，新霜鬢毛如許。乍定吟魂，方親笑語，又說飛篷南渡。江湖倦旅。記朋飲山樓，墜歡如霧。奄忽風波，水濱凝佇艤舟處。無情江樹一碧，只新詞幾闋，消得殘暑。月色蒼涼，山雲黯淡，相對渾忘遲暮。騷心最苦。似為我羈留，細商音呂。後會何時，更煩君試數。

【註】錄自劉夢芙先生所編《二十世紀中華詞選》之卷九。《虛白樓詩》刻本輯錄此詞，但作『送大業赴粵』。《虞愚文集》第三卷第一三五〇頁與《二十世紀中華詞選》所載一致，唯末句『更煩』誤作『更熄』。

高陽臺・君垣詞長以香江宋城巡禮記感賦屬和因拈此解

畫鼓銅街，靈鍾貝闕，芳春燕語連翩。笠屐登高，海天曠覽無邊。上河舊跡隨流水，幻層城，金碧依然。似曾傳。元老東都，錄夢華年。千秋漫憶清明節，便樊樓置酒，汴岸牽船。翠幄成圍，橋頭月色嬋娟。曲闌小苑經行處，感蒼茫，過眼雲煙。寄纏綿。有客沉吟，滄海桑田。

【註】錄自劉夢芙先生所編《二十世紀中華詞選》之卷九。《虞愚文集》第三卷第一三五二頁也載此詞，題目作『高陽臺・君垣詞長以香江宋城巡禮記感賦屬和，寫此博教兼呈壺翁』，『笠屐登高』作『笠履登

高」，「便樊樓置酒」作「便樊樓買酒」，「汴岸牽船」作「岸上牽船」，「滄海桑田」作「嶺外傳箋」。

西江月・喜王又真詞長至京

相見渾如夢里，論交只恨離多。卅年滄海念奔波，十國九州踏破。　對宇飲同文字，懷人音邈山河。餘生未卜復如何？歷劫猶存爾我。

【註】錄自《虞愚墨蹟》第一五頁，《虞愚文集》第三卷第一三五二頁亦載此詞，末句作「歷劫猶存文我」。

浣溪紗・喜梅窗詞家至京再酬此闋

少日風華歎渺冥，高山流水憶鳴琴，送君渡海月沉沉。　地動天迴何限事，酒香茶熟故人心，袖中麗句誦而今。

【註】錄自《虞愚墨蹟》第二一一頁。

慶春澤・出席鄭州中國古典文學教學錄音帶鑒評會議喜賦

教本新俗，方家品月，後塵沾沔無邊。物換星移，名篇彌覺新鮮。微波偏覆三千界，感知音，道廣薪傳。信騷壇，鼓吹中興，舊曲新詮。廣長舌化身千億，聽詩家歌唱，響徹雲天。几案燈青，沉吟韻吐翛然。願承樂教如親炙，得多師，啓秘鉤玄。鎮相看，國運宏開，興會空前。

【註】錄自《虞愚文集》第三卷第一三五三頁。

滿江紅・奉酬壺因見懷之作

一別經年，又將屆荷花時節。長記得，茂南傾蓋，過從朝夕。更憶西湖閑擊艇，掬心相印三潭月。笑此身南北幾風霜，還為客。思俊句，平生折。搜畫卷，何人識？信文章當代，詩書雙絕。百尺樓中豪氣在，三千里外歸思切。喜淞江轉眼重相親，吟懷豁。

［附］陳壺因原作

滿江紅・得北山厦門書卻寄

短髮青衫，壯千里，故洲行色。知屢過，冬郎鹿塚，溫陵蕭宅。更記義旗高舉處，堂堂石井猶凝碧。有擘窠大字與重題，風雲筆（石井重建鄭成功紀念館，君為書名）。文酒債，酬難畢。師友誼，交相集。況潮音牽夢，山光宜魄（君初為其室逸君女士謀歸骨鷺島），十日刺桐留古郡，一時紅豆生南國。問新來消得幾多愁，詩盈帙。

【註】《虞愚文集》第三卷第一三四八頁。所附陳壺因詞，多有錯字或漏字。如題目為『得北山厦門書卻寄』，『寄』誤作『奇』，『擘窠大字』誤為『擘窯大宇』，結句『消得幾多愁』，脫一『幾』字。今已改正。

百字令·周紫宜女畫師七十初度祝詞

須彌為筆，問阿誰，描盡人間風物。偶洩靈奇歸一抹，寄我黃華心折（去歲承贈所作黃花酒壺一幅）。浪駭濤驚，杓回斗轉，已是經年別。海天安晏，萬方爭唱新闋。不負南北相望，螺川畫意，隨百花齊發。坐斷乾坤悲願在，夢里為周為蝶。後會相期，杯觴在手，積愫從頭說。淞雲千里，清輝漸滿新月。

【註】錄自《虞愚文集》第三卷第一三五〇頁，漳州松雲書畫院藏《虞愚書法作品集》第四一頁也輯錄此詞。

金縷曲・壺因詞長慧君夫人結褵六十年矣寄賀兹篇

佳氣軒眉宇，望高齋，庭前鵲喜，水仙香吐。梅閣催妝花燭夜，琴韻猶堪回顧。共命鳥（共命鳥見《彌陀經》），相依相語。清淺蓬萊經幾變，對迴然，儷影長如故。矜此福，使人妒。迦陵健筆誇翹楚，到而今，新風一集，競抄佳句。畫妙書神傳四海，想見龍蛇飛舞。為徒倚闌干凝佇。目斷淞雲千萬朵，記藍橋，曾識劉樊侶。重進酒，壽瓠圃。

【註】錄自漳州松雲書畫院藏《虞愚書法作品集》第四一頁。《虞愚文集》第三卷第一三五四頁也輯錄此詞。陳兼與（壺因）夫人名方遺慧，但兩處題目均作『慧君夫人』。《虞愚文集》載錄此詞，『清淺蓬萊』誤作『清識蓬萊』，『目斷淞雲』作『目斷松雲』。

木蘭花慢・寄懷守楨賢弟兼呈遁冬翁

使刀如使筆，問今手，有誰儔？看潛心秦漢，雕肝鏤腎，鐵畫銀鉤。難酬。清尊談藝，夜闌時彌復醒雙眸。此景此情彷彿，一南一北飄浮。悠悠。月湧海東頭，人倚幾層樓？想襟懷澹蕩，大荒吞吐，萬類冥搜。風流。迦陵詞客，報神交用意最綢繆。各有千秋在抱，吉光片羽長留。

【註】錄自《虞愚自寫詩卷》。《虞愚文集》第三卷第一三四九頁亦輯錄此詞，『問今手』誤作『問今年』；『看潛心秦漢』誤作『看印心秦漢』；『夜闌時彌復醒雙眸』作『夜闌時還自醒雙眸』；『風流』作『難得』。今按詞譜重新點斷。

同文書庫·廈門文獻系列

第一輯

壹 小蘭雪堂詩集

貳 固哉叟詩集 寄傲山房詩鈔

叁 紅蘭館詩鈔

肆 寄傲山館詞稿 壺天吟

伍 林菽莊先生詩稿

陸 夢梅花館詩鈔

柒 寶瓠齋襍稿（外三種）

捌 甲子雜詩合刊 菲島雜詩 海外集

玖 稚華詩稿

拾 同聲集

第二輯

壹 賦月山房尺牘

貳 禾山詩鈔

叁 揮麈拾遺

肆 頑石山房筆記 紫燕金魚室筆記

伍 臥雲樓筆記

陸 止園詩集 鐵菴詩存

柒 陳丹初先生遺稿（外一種）

捌 繡鐵盦叢集 繡鐵盦聯話

玖 二菴手札

拾 虛白樓詩